刘树森 ◎ 主编

澳大利亚经典剧作选集（上）

搬 家

［澳大利亚］大卫·威廉姆森（David Williamson）亚历山大·布佐（Alex Buzo）◎著

王家湘 李建军◎译

Chinese Versions
ustralian Classic Dramas
I The Removalists

北京大学出版社
PEKING UNIVERSITY PRESS

著作权合同登记号 图字：01-2019-1112
图书在版编目(CIP)数据

澳大利亚经典剧作选集. 上，搬家 / (澳) 大卫・威廉姆森 (David Williamson) , (澳) 亚历山大・布佐(Alex Buzo) 著 ; 王家湘，李建军译. — 北京 : 北京大学出版社，2021.4
ISBN 978-7-301-32050-1

Ⅰ. ①澳… Ⅱ. ①大… ②亚… ③王… ④李… Ⅲ.①剧本—作品集—澳大利亚—现代 Ⅳ. ①I611.35

中国版本图书馆CIP数据核字(2021)第044592号

书　　名	澳大利亚经典剧作选集（上）——搬家 AODALIYA JINGDIAN JUZUO XUANJI (SHANG)——BANJIA
著作责任者	［澳］大卫・威廉姆森（David Williamson） ［澳］亚历山大・布佐（Alex Buzo）　著 王家湘　李建军　译
责任编辑	刘　爽
标准书号	ISBN 978-7-301-32050-1
出版发行	北京大学出版社
地　　址	北京市海淀区成府路 205 号　100871
网　　址	http://www.pup.cn　　新浪微博：@ 北京大学出版社
电子信箱	nkliushuang@hotmail.com
电　　话	邮购部 010-62752015　发行部 010-62750672 编辑部 010-62759634
印 刷 者	三河市博文印刷有限公司
经 销 者	新华书店
	880 毫米 ×1230 毫米　A5　8.5 印张　350 千字 2021 年 4 月第 1 版　2021 年 6 月第 2 次印刷
定　　价	48.00 元

目　录

◆ 编者导言 ………………………………………… 1

◆ 搬　家 …………………………………………… 47

◆ 小职员 …………………………………………… 145

编者导言

20世纪澳大利亚戏剧：变革与繁荣

刘树森

无论古今中外，戏剧都是一种独特的文学艺术形式，与以阅读叙事文字文本为特征的小说或者传记等体裁不同，也有别于以阅读或者朗诵叙事或抒情文字文本为特征的诗歌等文学形式。对于完整的戏剧概念而言，其内涵不仅包括剧作家及其创作的剧本，还包括导演对剧本的理解及其对演员表演的指导、演员及其语言叙事等各种形式的舞台表演、剧场的演出空间以及舞台背景等表现和烘托剧情的辅助手段，以及观看戏剧演出的观众及其对剧情表演的感受等诸多方面的因素。因此，剧作家创作剧本与小说家创作小说不同。小说家完成一部小说的创作，由出版社出版之后，这一作品的创作过程就结束了，作品的文本也就完成了。剧作家创作一个剧本，则通常是在剧作首演之后再根据导演的理解、演员的演出效果和观众的接受情况等对剧作文本进行一定程度的推敲与修改，然后再出版发行，结束这一剧作的创作。澳大利亚戏剧自然也不例外，其产生与发展的历史也都具有上述诸多方面的特征。

在澳大利亚文学史上，戏剧出现和发展的历史可以追溯至18世纪末叶英国殖民的初始时期，早于诗歌和小说等其他体裁的文学形式。1789年，为庆祝英国国王乔治三世的诞辰日，悉尼上演了由首批流放到澳大利亚的罪犯自导自演的戏剧《征兵官》（*The Recruiting Officer*），当时的大约六十位观众则是英国驻军和监狱的军官等。这部浪漫的爱情喜剧1706年在伦敦首演，作者是爱尔兰才华横溢但英年早逝的作家乔治·法夸尔（George Farquhar，1678—1707）。《征兵官》首次出现在澳大利亚虽然是业余娱乐活动，并非专业人士的演出，但也在一定程度上显示了英国戏剧的资源与传统不可避免对澳大利亚戏剧产生了长期而深远的影响。在本质上，是宗主国与殖民地之间的关系使然。在此后的几十年间，悉尼和墨尔本都曾出现一些零星的戏剧演出，与此同时也出现了一些相关的非议。例如，认为罪犯参与演出不利于他们悔过自新和改造；而对于观众而言，过度的娱乐也可能导致他们追求安逸与奢侈的生活，加之道德伦理品位低级的表演致力于感官刺激，有伤社会风化。此外，作为社会管控措施之一，早期的殖民政府长时期拒绝颁发剧院的经营执照，因此无法成立合法的剧场，也就无法进行规范的商业演出，在很大程度上制约了澳大利亚戏剧的发展。

1833年，悉尼作为澳大利亚最大的城市出现了澳大利亚第一家州政府授予经营许可证的剧场，即历史上著名的皇家剧院，当年10月5日举行首演，演出剧目为当时风靡英国的儿童音乐剧《磨坊主及其儿子们》（*The Miller and His Men*），由《伊索寓言》中的故事改编而成。1838年，悉尼出现了第二个剧院，是一家拥有2000个席位的现代化剧场。此外，1842年，作为澳大利亚第二大城市的墨尔本也出现了获得州政府授权的第一个剧院。这些早期剧院为澳大利亚的戏剧演出和创作奠定了必不可少的基础。大体而言，在19世纪中叶之前，澳大利亚剧场通常并非高雅的场所，演员与观众大多是流放的罪犯或者文化程度低下的自由移民以及殖民者，低俗的插诨打科、喧嚣的气氛以及打架斗殴等行为充斥剧场。从19世纪30年代中期开始，随着政府批准的合法剧场陆续出现，以及1848年英国停止了每年向澳大利亚流放一千名罪犯的举措，越来越多自由的中产阶级人士移民澳大利亚，带来了英国维多利亚时期的主流价值观、道德伦理与审美标准，以及基督教的教义等内容，因此在很大程度上需要改善澳大利亚的社会文化生态，由此促使剧场在戏剧演出内容、娱乐的道德基础、观众的身份与艺术审美标准等方面进行变革，以便适应和满足新的观众的需求。

在上述背景下，自19世纪中叶开始澳大利亚剧场出现了所谓两极分化（“Bifurcation of Australian Theatre”）的现象，即一类是以提供大众化娱乐为主的民间剧场，另一类是获得政府授权的“合法剧场”。前者主要举办大众化的娱乐演出，演出的节目包括哑剧、马戏、歌舞杂耍，以及游吟诗人的表演等，观众通过观看演出宣泄艰辛生活的压力，以及浪迹天涯的失落感。伴随着澳大利亚19世纪50年代和60年代风起云涌的淘金热，来自中国等亚洲国家的大量淘金者陆续涌入，全国人口从1850年的40万剧增至1860年的110万。这些年轻、从事繁重而危险的淘金劳动的移民，作为消费者需要一定的娱乐来平衡因贫困的生活和极其繁重的劳作而产生的压力，因此促进了娱乐性剧场的数量不断激增。后者作为“合法的剧场”，主张强化剧场的文学艺术属性，进行思想文化启迪，寓教于乐，包括强调重视剧场在道德伦理教育方面的作用。演出的剧目主要是歌剧、传统的戏剧、道德剧，以及莎士比亚的剧作等。显然，上述两种剧场不可避免地会产生相互影响，使得这一时期的戏剧演出具有显著的杂糅特征。作家大卫·伯恩（David Burn，1799—1875）所创作的《丛林强盗》（*The Bush-rangers*）是澳大利亚最早创作的戏剧，1829年在英国爱丁堡首演，1840年开始在澳大利亚演出。1853年，作为流放罪犯的儿子，澳大利亚诗人查尔斯·哈珀（Charles Harpur，1813—1868）出版了《〈丛林强盗：五幕剧〉及其他诗歌》（*The Bush-rangers：A Play in Five Acts，and Other Poems*），一般认为其中的剧作是澳大利亚最早正式出版的剧本，在故事情节、人物身份与性格塑造等各方面初具澳大利亚特色。

另外，在这一时期，一些来自英国和美国的剧团也纷纷来到澳大利亚进行巡回演出，甚至成立了澳大利亚最早的一批戏剧演出公司，青睐新兴的戏剧演出市场及其商业利益。其中，年轻的美国戏剧演员J.C.威廉姆森（James Cassius Williamson，1845—1913）夫妇1874年首次来到澳大利亚，演出了新创作的剧作《采油记》（*Struck Oil*），大获成功，获得了丰厚的商业利益。此后几年，威廉姆森前往印度、英国和美国进行巡演，再次获得了巨大的商业收益。1879年，威廉姆森夫妇重返他们的演出事业发迹的福地澳大利亚，兼具戏剧演出和商业管理的才能的威廉姆森由此大展宏图，成立了自己的演出公司，即日后大名鼎鼎的威廉姆森戏剧演出公司。他们租赁了悉尼的皇家剧场，购买了当代英国著名剧作家威廉·吉尔伯特（William S. Gilbert，1836—1911）与作曲家阿瑟·萨利文（Arthur Sullivan，1842—1900）联袂创作的经典歌剧《皮纳福号军舰》（*H.M.S. Pinafore*）的演出版权，并在演出中担任剧中的男女主人公。基于剧中演绎了一段缠绵感人的爱情故事，《皮纳福号军舰》在悉尼的首演不仅获得了轰动，而且成为经久不衰、常年在全国演出的剧目。

威廉姆森戏剧演出公司还陆续演出了一系列脍炙人口的剧作，强有力地引领了澳大利亚商业化戏剧演出市场的发展，包括聘用美国和英国的明星演员以及舞台设计师前来演出和进行相关工作，同时培养澳大利亚的本土演员和戏剧创作人员。此外，英国和美国的其他一些剧团也纷纷来到澳大利亚，演出传统的戏剧节目以及当时风靡欧洲和美国的剧目，带来了欧美戏剧的影响，促进了悉尼、墨尔本以及阿德莱德等城市戏剧演出市场的发展。在这一时期，莎士比亚剧作的演出，以及经典歌剧和轻歌剧的演出在数量上越来越多，19世纪80年代末，易卜生的名作《玩偶之家》等当时在欧洲风靡一时的戏剧也在墨尔本演出，使得澳大利亚观众能够与欧洲观众同步观赏。在这一时期，澳大利亚戏剧所发生的一个时常被忽视的变革，是中产阶级观众逐渐成为剧场的主要观众群体，他们并非仅仅是为了娱乐消遣而观看戏剧，还是作为艺术的欣赏者和消费者，以其艺术审美标准、戏剧艺术修养与情趣对戏剧创作与演出者提出需求，因此他们的上座率成为戏剧创作一个重要的风向标。

在这一背景下，虽然澳大利亚戏剧演出市场主要由来自其他国家的投资者和管理者所主宰，也有少数的澳大利亚本土的剧场管理者以及投资者也开始崭露头角，其中最为著名的是威廉·安德森（William Anderson，1868—1940）夫妇创办的戏剧演出公司，他们以演出澳大利亚现实主义戏剧为主，戏剧由澳大利亚剧作家创作，剧目中的主要演员都是澳大利亚的本土艺术家，舞台设计采用澳大利亚风格的背景。在此期间，安德森戏剧演出公司发展成为澳大利亚最受欢迎的戏剧演出公司之一，在悉尼和墨尔本等城市与威廉姆森戏剧演出公司平分秋色，其情节剧和音乐剧演出垄断了澳大利亚的戏剧市场，演出的地点甚至扩大至新西兰。

伴随着澳大利亚戏剧的不断发展，19世纪末期一批澳大利亚土生土长的演员和移民澳大利亚的演员崭露头角，为戏剧发展注入了新的动力。其中，包括女歌唱家、演员妮丽·斯图尔特（Nellie Stewart，1858—1931），演员汤姆·道森（Tom Dawson，1874—1916），女高音歌唱家、演员赛丽娅·季罗妮（Celia Ghiloni，1879—1955），以及演员诺拉·柯瑞恩（Nora Kerin，1881—1968）等。因为没有语言的障碍，澳大利亚演员与从英国和美国前来进行巡回演出的演员在戏剧演出中配合默契，珠联璧合，共同促进了澳大利亚戏剧的全面发展。有统计数据显示，大致从19世纪30年代至20世纪初叶，在澳大利亚六个殖民地的剧院演出的各类戏剧多达六百余部，其中不乏澳大利亚本土剧作家创作的剧作。因此，戏剧成为澳大利亚文学在这一时期发展最快、成就最大和影响最为广泛的体裁。

在澳大利亚戏剧史上，19世纪80—90年代被称为“音乐剧的黄金时代”，为这一时期戏剧发展推波助澜、做出重要贡献的剧作家包括乔治·达雷尔（George Darell，1841—1921）。达雷尔十岁时随父母移民澳大利亚，大约二十岁开始从事戏剧演出和创作，一生创作了三十余部剧作，其中绝大部分都是以描写澳大利亚人的生活为题材，其中最为脍炙人口的是《阳光灿烂的南方》（*The Sunny South*）。达雷尔自己曾主演该剧多达1500场。此外，还有一些当时大名鼎鼎的演员和剧团经理，例如阿尔弗雷德·丹皮尔（Alfred Dampier，1843—1908）与布兰德·霍尔特（Bland Holt，1851—1942）等人，他们通过演出自己改编的欧洲传统剧目，包括莎士比亚的剧作，在剧中的故事情节、人物形象、叙事语言，以及舞台背景设计等方面突出渲染澳大利亚的本土特色，包括在舞台上使用马、羊、牧羊犬和游泳池等实物实景，以便加强真实的效果。剧目中的主人公包括澳大利亚的农民、淘金者、新移民、丛林盗匪、流浪汉，以及浪迹天涯的艺人等，他们使用的语言带有明显的澳大利亚特色，包括特有的俗语和语音语调等。这一时期较为典型的剧作包括阿尔弗雷德·丹皮尔创作的《持械抢劫》（*Robbery Under Arms*），以及当时被称为“音乐喜剧之王”的布兰德·霍尔特改编并演出的剧作《浪子的女儿》（*The Prodigal's Daughter*）等。

1913年威廉姆森去世时，他所创办的公司已经成为世界上规模最大的戏剧演出公司，演出的剧目包括话剧、歌剧、芭蕾、音乐剧、音乐喜剧、轻歌剧、哑剧以及即兴表演等多种形式，不仅在澳大利亚占有最大份额的戏剧演出市场，在墨尔本、悉尼、布里斯班等几乎所有的大城市都拥有剧场，而且在新西兰、美国和英国等欧洲国家具有重要影响。此外，威廉姆森及其戏剧演出公司对澳大利亚戏剧发展所做出的重要贡献，还包括开启了戏剧现代化发展的转型与变革，包括建构较为成熟的商业化戏剧演出的市场机制及演员的培养，以及演出剧目的内容以表现观众所熟悉的现当代社会生活与平凡人物及其喜怒哀乐的人生为主，逐步淘汰了趣味低下的民间剧场演出，为此后澳大利亚戏剧的发展奠定了必不可少的重要基础。

1

20世纪初叶，澳大利亚社会诸多方面都相继产生了巨大的发展变化，为戏剧发展奠定了必要的基础。首先，在国家政体方面，1900年澳大利亚六个殖民地全民投票，决定统一成为联邦，此后英国政府批准澳大利亚联邦成立，并于同年7月批准了《澳大利亚联邦宪法》。1901年1月1日澳大利亚联邦成立，六个殖民地成为联邦的六个州，整个国家在政体与管理机制层面构成了一个整体，从而使得全国各地在社会生活的各个领域都具有更为紧密的联系，也促进了全国各个州的戏剧艺术界比以前具有更为密切的关联与合作。其次，经过从18世纪末至19世纪末一个世纪的发展与嬗变，尤其是受到英国和美国戏剧在题材、人物塑造、叙事技巧、语言风格，以及戏剧演员的表演艺术与剧场管理机制等方面的巨大影响，澳大利亚戏剧界在剧院的合法性与艺术品位、戏剧创作、演员的演出水平等诸多方面都呈现出显著的变化。其中，较为重要的变化包括，伴随着澳大利亚经济与贸易等行业的发展，在英国和其他欧洲国家戏剧界的影响下，现代化的正规剧院陆续在全国各州的主要城市出现，而且成为高雅和时尚的艺术场所，剧院也终于摆脱了19世纪设施简陋、演出内容趣味低俗的社会形象，强有力地促进了戏剧创作及其演出市场产业化的发展。

进入20世纪之后，澳大利亚的小说和诗歌等体裁的文学作品得以蓬勃发展；在此背景下，澳大利亚戏剧的发展也呈现出一些新的特征和驱动力。原本在19世纪八九十年代已经大有建树的剧作家、演员及剧作改编者继续活跃在戏剧界，并不断推出新的作品，其中包括布兰德·霍尔特与乔治·达雷尔，以及当时澳大利亚戏剧界的后起之秀威廉·安德森。安德森年轻有为，90年代已经成为多家知名戏剧演出公司的经纪人，1902年成为墨尔本皇家剧院的合伙人和经理，是当时澳大利亚最年轻的剧院经理，事业成就如日中天。与J.C.威廉姆森等来自美国和英国等国家的戏剧界头面人物不同，安德森着力发展具有澳大利亚民族特色的戏剧，积极聘用澳大利亚的剧作家、演员和剧场管理人员，在戏剧演出中强调澳大利亚自然与社会的本土特征。1908年，他主持建造了规模庞大的墨尔本国王剧院，之后在此上演了当时颇受欢迎的音乐喜剧作品，包括根据澳大利亚当时全国妇孺皆知的丛林强盗本杰明·霍尔的真人真事编写的《占领者的女儿》（*The Squatter's Daughter*）。1912年，根据澳大利亚小说家斯蒂尔·拉德（*Steele Rudd*，1868—1935）1898年同名小说改编的剧作《别无选择》（*On Our Selection*）也是在此上演，大受欢迎。

在这一时期崭露头角的剧作家之中，最为引人注目的人当推被称为澳大利亚戏剧之父的托马斯·路易斯·埃森（Thomas Louis Esson，1878—1943）。埃森出生于英国爱丁堡，三岁父亡，随母亲和三个兄妹来到澳大利亚投奔亲属，在拮据的家境中长大成人。1896年，他开始在墨尔本大学就读艺术课程，开始接触英语文学和社会主义思想，并着手尝试进行诗歌和戏剧创作。1904年，他开始发表诗歌，次年访问法国巴黎和爱尔兰的首府都柏林，不仅深刻感受到了现代欧洲文学的魅力与影响，而且有幸拜会了叶芝（William Butler Yeats，1865—1939）和J.M.辛格（J. M. Synge，1871—1909）两位著名的爱尔兰剧作家及诗人。叶芝和辛格赏识埃森的文学创作才华与志向，建议他立足于澳大利亚而并非欧洲，创作具有民族特色的戏剧作品。辛格甚至鼓励埃森在澳大利亚创建一座国家剧院，以此促进整个国家戏剧界的发展。1912年，埃森在经过数年艰辛的创作之后终于开始取得收获，他的第一部重要剧作《时机尚未成熟》（*The Time Is Not Yet Ripe*）在墨尔本上演，大获成功，好评如潮。作为一部描写政治题材的戏剧，《时机尚未成熟》以繁华而且社会矛盾重重的墨尔本为背景，显示出埃森早前接触的社会主义思想所产生的影响和引导作用，以及英国剧作家萧伯纳以及爱尔兰诗人辛格现实主义戏剧创作理念及其戏剧作品对他的影响。该剧以真实但幽默滑稽的风格揭示了澳大利亚社会两极分化的严峻现实与空想社会主义理想之间的巨大差距。

《时机尚未成熟》一方面使埃森一举成名，另一方面也激发了他的创作激情。在这一时期十几年的时间内，他创作了一系列描写澳大利亚社会中的矛盾、冲突以及社会底层民众艰辛生活的戏剧作品，包括《驯妇者》（*The Woman Tamer*，1910）、《圣地》（*The Sacred Place*，1910）、《死木》（*Dead Timber*，1911）、《牲口贩子》（*The Drovers*，1920）、《母与子》（*Mother and Son*，1923），以及埃森创作和生前演出的最后一个剧本《福音地的新娘》（*The Bride of the Gospel Place*，1926）。1922年，埃森还牵头成立一个名为“先锋演员”（“The Pioneer Players”）的社团，由具有左翼思想的成员构成，致力于促进澳大利亚作家为澳大利亚人创作戏剧作品，并资助其剧作的演出，旨在助力澳大利亚民族戏剧的发展。埃森去世三年之后，他的遗作《南十字星》（*The Southern*

Cross）于1946年出版。埃森一生的创作生涯并非一帆风顺，他也始终没有因为其剧作的演出而成为富有的戏剧家。他的成就与贡献之所以名垂青史，在于他的戏剧作品能够将深邃的思想内涵和幽默的喜剧形式完美地结合在一起，积极推进了澳大利亚戏剧在当时正在经历的重要变革，即在创作、演出以及剧场经营的市场定位等诸多领域建构澳大利亚民族性的主导地位。埃森因此在澳大利亚戏剧史上拥有当之无愧的一席之地。

20世纪初期，澳大利亚发生了一系列具有重要意义，而且在世界上开风气之先的社会政治变革，其中包括经联邦政府批准，1902年澳大利亚成为世界上第二个女性具有选举权的国家。此前，与澳大利亚毗邻的新西兰于1893年成为世界上女性具有选举权的第一个国家。作为大洋洲区域的两个重要国家，新西兰和澳大利亚在争取女性拥有与男性平等的社会权益方面走在了世界各国的前列，领先于美国和英国及当时欧洲其他的发达国家，足见在日益全球化的时代地缘政治的能量和影响力之巨大。在上述社会变革的直接和间接影响之下，澳大利亚戏剧界最为显著的变革之一是涌现出一批出类拔萃的女戏剧家，为戏剧创作带来了新的气象和别具一格的创作特征，打破了一个多世纪以来由男戏剧家主宰戏剧创作和改编的传统。

作为“先锋演员”社团中的成员之一，K.S.普里查德（Katharine Susannah Prichard，1883—1969）是20世纪初期具有重要成就与影响的女戏剧家之一。普里查德出生于斐济，父亲为报刊编辑，收入低廉，难以养家糊口，19世纪90年代初期举家移民澳大利亚墨尔本。由于父母收入微薄，家境艰难，而且重男轻女，普里查德中学毕业后没有机会接受大学教育，只能担任家庭教师，自谋生路。她自儿童时代便酷爱阅读英国和其他欧洲国家的文学作品，成年后尝试小说和剧本等体裁的文学创作。1903年，她在墨尔本的报纸上发表了第一篇短篇小说，后来又创作诗歌和小说。1908年，她经人介绍担任《墨尔本先驱报》的记者，有机会经常访问伦敦和巴黎。国外的旅行经历以及采访各种各样人物的体验和见识，使得她逐渐体验和认识到了各种深层次的社会问题。因此，她创作的短篇小说和长篇小说也越来越具有思想的深度和艺术魅力，诸如《乌黑的猫眼石》（*Black Opal*，1921）与《劳作的阉牛》（*Working Bullocks*，1926）等，陆续在英国和澳大利亚获奖。因其在伦敦接受了社会主义和共产主义信仰，普里查德20年代初期开始与埃森等左翼戏剧界人士接触，并成为澳大利亚共产党的创始人之一。她在这一时期的主要剧作包括《布鲁姆因·伊恩斯》（*Brumby Innes*，1926）和《让我恋爱》（*Bid Me to Love*，1927）。这两部作品都以澳大利亚西部城市珀斯为背景，描写欧洲移民与原住民之间的种族冲突、性别歧视、倚强凌弱，以及剥削压迫、霸凌等各种表层与深层次的社会问题，语言犀利尖刻，甚至包括露骨的色情禁忌语等。此外，《布鲁姆因·伊恩斯》中描写的15个人物有13个是原住民，也是澳大利亚戏剧历史上前所未有的创新。遗憾的是，因为剧情和语言粗放的人物对话等原因，上述两部剧作都是在创作40年之后才得以在剧场演出，普里查德早已辞世。

普里查德还创作了多部基于其政治信仰的戏剧作品，包括《西班牙女人》（*Women of Spain*，1937）与《惩罚条款》（*Penalty Clause*，1940）。特别值得提及的是，普里查德擅长交替采用戏剧和长篇小说两种叙事形式描写同样题材的内容，以女作家敏锐的社会感知力和洞见探讨一些源于性别不平等但社会却熟视无睹的问题。普里查德的创作时间长达半个世纪，晚年的主要小说，延续了其二三十年代戏剧作品中所探讨的社会问题，较为重要的作品包括《咆哮的九十年代》（*The Roaring Nineties*，1946）与《带翼的种子》（*Winged Seeds*，1950）。

与普里查德属于同一时代的另外一位杰出的女戏剧家是贝蒂·罗兰（Betty Roland，1903—1996），罗兰是其笔名，真实的名字为（Betty M. Davies）。罗兰也是中学毕业之后就业，以记者谋生，较为广泛而深刻地接触了社会各个层面的生活，并与普里查德一样曾在20年代受到马克思主义思想的影响，与此同时产生了戏剧创作的欲望。1923年，罗兰完成了她的第一个剧本《丝绸之意》（*The Touch of Silk*），以自己青少年时代的经历为基础描写女性和婚姻的主题。1928年，该剧公演之后受到盛赞，被称为“一位真正的剧作家所创作的澳大利亚的第一部剧作”。罗兰后来的创作受到美国戏剧家尤金·奥尼尔（Eugene O’Neill，1888—1953）的影响，她立志师法奥尼尔，以现实主义的创作思想为基础进行戏剧创新，包括对独白等传统的戏剧叙事形式进行革新，尝试以具有意识流叙事特征的无拘无束的诉说更为充分地揭示人物内心在各种社会压力之下所产生的感受。她创作了澳大利亚第一部演说剧《临时起意》（*The Spur of the Moment*，1932）、《致命弱点》（*Feet of Clay*）、《铜门》（*The Gates of Bronze*），以及《清晨》（*Morning*，1932 ）。《清晨》公演之后颇受好评，随即改编为广播剧，改名为《新的一天》（*New Day*）。为了维持生计和养家糊口，她曾经在40年代致力于广播剧剧本的创作，创作了一系列脍炙人口的作品，包括《第一先生》（*The First Gentleman*）、《爸爸睡了》（*Daddy Was Asleep*）、《白色帽徽》（*The White Cockade*）和《被蔑视的女人》（*A Woman Scorned*）。

另外一位创作成就突出的女剧作家是蒂姆芙娜·库沙克（Dymphna Cusack，1902—1981）。在悉尼大学就读期间，库沙克开始接触戏剧和当时开始流行的"小剧场"，并着手创作剧本。1926年，她创作了处女作《安全第一》（*Safety First*），通过刻画一位女主人公的形象抨击女性所受到的社会歧视以及中产阶级的虚伪。此后，她陆续创作的类似主题的剧作包括《浅杯》（*Shallow Cups*，1933）、《周年纪念日》（*Anniversary*，1935）与《清晨红色的天空》（*Red Sky at Morning*，1935）。她的重要剧作包括根据自身在高中任教的经历创作的《晨祭》（*Morning Sacrifice*，1943），以及反对核武器题材的《太平洋中的乐园》（*Pacific Paradise*，1955），在欧洲和亚洲等多个国家演出，普遍受到好评，一举成为国际闻名的剧作家。库沙克身体状况一直欠佳，患有多种慢性病，因长期卧床休养曾在一段时期不得不通过口述的方式进行创作。60年代，她侧重描写当时澳大利亚社会普遍关注的问题，例如呼吁联邦政府立法承认和保护原住民权力以及反对澳大利亚参加越战等，这一时期的主要剧作包括《阳光并非充足》（*The Sun Is Not Enough*，1967）与《焚毁殆尽的树木》（*The Half-Burnt Tree*，1969）。值得提及的是，库沙克1956年至1958年随丈夫诺曼·弗利希尔（Norman Freehill）在北京居住约两年，因为后者受聘担任外文出版社的外籍专家。这一机缘使得库沙克有机会接触和采访北京和其他城市各行各业的女性，为此她还学习中文。基于一位澳大利亚女作家从其独特的视角所进行的观察和思考，库沙克完成了一部研究中国女性的非虚构著作《中国妇女的述说》（*Chinese Women Speak*，1985），出版之后成为畅销书。

“先锋演员”剧团以及当时具有左派思想倾向的澳大利亚剧作家和演员，也包括来自美国和英国等国家的戏剧界人士，尤其关注劳资冲突等阶级矛盾，创作和演出了一些具有戏剧创新性和广泛社会影响的作品。其中，典型的剧作包括，美国剧作家和演员克利福德·奥德茨（Clifford Odets，1906—1963）所创作的《等待勒夫体》（*Waiting for Lefty*，1935），该剧1935年在纽约百老汇首演大获成功，1936年在悉尼和墨尔本演出，同样获得成功。该剧以30年全球性的经济大萧条为背景，描写出租车司机工会召集全体成员开会，唯一尚未到场的人是作为工会代表与资方进行谈判的勒夫体（英文名字“Lefty”寓意“左翼人士”），大家只得翘首以待，以便他到达之后共同商议和决定罢工事宜。为了强化戏剧的演出效果，奥德茨事先安排演员坐在观众的席位，在剧情达到高潮时，这些演员配合舞台上的演员，进行热烈的互动，由此使得整个剧场各个位置的演员和观众融为一体，宛如都身在出租车司机工会罢工大会的现场，感同身受。此外，当时具有显著左翼思想倾向的剧作还包括澳大利亚女剧作家贝蒂·罗兰创作的《海滨战争》（*War on the Waterfront*，1939）。

二战时期，澳大利亚相对而言受到战事的影响较小，加之英国和美国的剧作家和演出家在此较为活跃，澳大利亚戏剧创作与演出取得了较为平稳的发展，出现了若干具有国际影响的戏剧作品。其中，极具文学天赋的S.L.艾略特（Sumner Locke Elliott，1917—1991）堪称这一时期有代表性的剧作家之一。艾略特自幼喜欢戏剧，在小学读书时就开始尝试剧本写作和演出，12岁时创作了第一个剧本，在高中时期选修了表演课程，参加广播剧团的节目演出。1934年，尚未成年的艾略特开始在当时大名鼎鼎的威廉姆森戏剧演出公司参加演出，参演剧目也包括他创作的剧本。艾略特20岁时已经成为澳大利亚家喻户晓的剧作家和演员，1937—1948年他创作的剧本有七个在剧场演出，并在广播电台播送，其中包括被公认为澳大利亚戏剧经典的《生锈的喇叭》（*Rusty Bugles*，1948）。该剧以二战时期的澳大利亚为背景，没有传统的情节，描写当时参战的澳大利亚军人的心态与生活，尤其是反战的情绪。艾略特将这部作品称为社会生活实录，人物对话使用了具有澳大利亚人语言特征的习语，包括粗俗的禁忌语等，因此曾被州政府勒令禁演。这部在叙事结构和语言方面都具有创新性的剧作被视为澳大利亚荒诞派戏剧的先驱之作，上演之后成为40年代澳大利亚最受欢迎的剧目，在全国各个城市巡演，票房收入也打破澳大利亚单一剧作的历史记录。

艾略特始终认为，广播剧与剧场演出的剧作相比，其艺术性和价值相对逊色，然而当时对于剧作家而言，广播剧的收入不菲。因此，艾略特在三四十年代曾创作了多个广播剧剧本，并亲自出演其中部分剧目的角色。这些剧作包括《疯狂之家》

（*The Crazy Family*，1939）、《杰泽贝尔的女儿》（*Jezebel's Daughter*，1941）和《大都市》（*Grand City*，1942）。通过上述经历，艾略特观察和深入了解了广播剧演艺界鲜为人知的弊端，并在此基础上创作了讽刺喜剧《隐形的演艺圈》（*The Invisible Circus*，1946），以广播剧的创作和演艺界为背景，描写商业资本以及商业演出的环境对演员的生活与工作所产生的各种影响，诸如缺乏道德伦理的竞争等。剧中人物睿智、幽默、诙谐、尖刻的对话语言具有现当代澳大利亚的典型特色，在澳大利亚戏剧界具有开风气之先的意义，对六七十年代开始活跃的澳大利亚剧作家具有重要影响。因为美国戏剧艺术界巨大的吸引力，以及其同性恋性取向等因素，艾略特1949年离开澳大利亚，前往纽约开始新的创作与演出生涯，在戏剧、小说和影视剧本创作方面取得了更为辉煌的成就，只是内容很少与澳大利亚无关。1955年，艾略特加入美国籍，然而迄今为止，澳大利亚戏剧界和观众始终倾向于将其视为移居海外的澳大利亚戏剧家。

作为与艾略特同时代的剧作家，道格拉斯·斯图尔特（Douglas Stewart，1913—1985）具有类似的创作特征，侧重描写的主人公都是澳大利亚的普通人，剧中人物语言也都具有鲜明的澳大利亚英语的特征。与艾略特不同的是，斯图尔特多才多艺，不仅是剧作家，还是诗人、编辑和批评家。他写诗成名之后才开始戏剧创作，他的第一个剧本是广播剧《白雪上的火焰》（*The Fire on the Snow*，1941），讲述有关南极探险和生存的内容，包括主人公不仅要学习克服自然界所带来的严峻挑战，还必须学习如何在荒凉而冰冷的世界掌控自己的心理与情绪，尤其是掌控孤独、绝望、愤怒、无助和忍耐。剧中描写的这些情感内容，对于二战时期备受煎熬和压抑的澳大利亚听众来说格外亲切，因此在澳大利亚广播公司播出之后成为广受好评的剧目。《白雪上的火焰》的成功也为广播剧创造了良好的声誉，使得这一新兴的戏剧形式借助于当时越来越流行的电台和收音机获得迅速发展。1942年，斯图尔特创作了其最负盛名的剧作《奈德·凯利》（*Ned Kelly*），这部广播剧讲述了一宗谋杀三个警察的犯罪案件，以及如何破案的内容，引人入胜。故事的背景是澳大利亚的一个小城镇，剧中彰显了正义和勇敢无畏的精神。这部脍炙人口的广播剧曾在几十年中始终是高中课程中的必读书。

20世纪50年代澳大利亚戏剧界出现了蓬勃发展的新气象。首先，1954年，澳大利亚伊丽莎白戏剧托拉斯（The Australian Elizabethan Theatre Trust）成立，旨在支持澳大利亚艺术家从事为澳大利亚人创作各种艺术及其作品，包括发展国家戏剧、歌剧、芭蕾舞、戏剧演出公司等。其次，这一时期涌现出若干具有重要国际影响的剧作家及其代表作，首当其冲的当推雷·劳勒（Ray Lawler，1921— ）。劳勒出生在一个商人的家庭，13岁辍学，从事多种工作谋生，后受聘担任墨尔本国家剧团的演员、剧作家和制作人。劳勒23岁时创作了第一个剧本。1955年，他创作的剧作《第十七个玩偶的夏天》（*The Summer of the Seventeenth Doll*）由成立不久的澳大利亚伊丽莎白戏剧托拉斯购买，作为该机构首次演出的澳大利亚剧作家原创的剧目。《第十七个玩偶的夏天》描写了两位土生土长的澳大利亚中年工人平凡而艰难的工作经历与情感生活，他们是收割甘蔗的工人和挚友，情同手足，在经历了社会环境和人际关系的变化与人生的幻灭之后，能够得以重新认识自己和生活的意义。该剧开创了澳大利亚现实主义戏剧的传统风格，演出之后好评如潮，并在次年开始在伦敦、纽约、阿姆斯特丹和都柏林等世界都市巡演，1959年还被改编为电影发行。劳勒其他较为重要的剧作包括《雷霆的发源地》（*Cradle of Thunder*，1949）、《射杀信天翁的人》（*The Man Who Shot the Albatross*，1972）与《儿戏》（*Kid Stakes*，1975）。作为澳大利亚戏剧经典，《儿戏》描写了几位男女青年在夏季休假时居住在墨尔本郊区一所破旧的公寓，因为各自脾气秉性和价值观不尽相同，使得有些人发展成为恋人，或者志同道合的夫妻，有些则是露水朋友，假期结束之后便各自东西。劳勒的剧作擅长直面澳大利亚现当代社会的一些主要问题，包括阶级矛盾、多元文化及其价值观的传统与矛盾，以及城乡差异和劳资冲突等，与绝大多数观众都密切相关，因此具有较为普遍的吸引力和感染力。

在劳勒等剧作家的影响之下，这一时期一些侧重以描写澳大利亚社会背景和澳大利亚人为重点的剧作家卓有成就，以现实主义的创作风格进行叙事和人物刻画。具有较好反响的剧作家包括奥妮尔·格雷（Oriel Gray，1920—2003）等人。格雷40年代成为左翼“新戏剧”运动的积极成员，戏剧创作始于广播剧的剧本，然后才创作舞台演出的剧本。格雷的创作思想和风格深受英国剧作家萧伯纳的影响，主要作品包括《当代马克思》（*Marx of Time*，1941）、《反目为仇》（*Let's Be Offensive*，1943）、《西部边界》（*Western Limit*，1944）、

《我的生活是我的私事》（*My Life Is My Affair*，1947），以及《洪流》（*The Torrents*，1955）。彼得·肯纳（Peter Kenna，1930—1987）家境贫寒，父母生育了13个孩子，他14岁便开始工作，在剧院充当跑龙套的角色。他20岁加入著名的澳大利亚伊丽莎白戏剧托拉斯，连续创作了11个剧本，但没有一个能够上演。1958年，肯纳参加澳大利亚戏剧创作竞赛并获奖，参赛作品《圣特雷萨修女日的杀戮》（*The Slaughter of St. Teresa's Day*，1958）借助于16世纪一个西班牙修女的人物形象探讨了二战后欧洲移民及其后裔在澳大利亚谋生的经历与心路历程，获得多位知名评论家的好评。阿兰·西摩（Alan Seymour，1927—2015）像劳勒一样侧重探讨澳大利亚的民族特性，以及如何应对生活理想幻灭之后的状况，其典型作品是《年中一日》（*One Day of the Year*，1960），描写在澳大利亚和新西兰每年庆祝的澳新军团日（ANZAC Day）当天剧中主人公的内心所发生的情感纠结。此外，理查德·贝尼昂（Richard Beynon，1925—1999）的《移民的心》（*The Shifting Heart*，1962），以1956年墨尔本郊区的一个社区为背景，描写三个不同的家庭所代表的澳大利亚多元文化不同侧面的特质以及相互之间的交流与融通。上述戏剧都曾在英国和美国等国家演出，为澳大利亚戏剧带来了国际声誉。

2

20世纪50年代以后，以好莱坞为基地的美国电影制造业得以强势发展，随之也带动了电影产业在美国和其他西方国家乃至世界其他国家的发展。20世纪70年代以后，电影与电视产业在澳大利亚也得以迅速发展，影视作品成为越来越流行的艺术形式，占据了艺术市场越来越多的份额，戏剧等传统艺术的存在与发展空间受到越来越严峻的挤压。另一方面，一批具有实力和广泛影响的戏剧演员改行，投身影视业，也给澳大利亚戏剧的发展带来了负面影响。在商业化影视艺术迅速发展、澳大利亚戏剧存在与发展不断承压的背景下，澳大利亚联邦政府调整了文化产业政策，通过建立管理机构等制度性的举措鼓励和支持本国的文学艺术创作及其相关产业的发展，包括规划政府相关预算经费的使用等，以此作为致力于将澳大利亚建设成一个具有“创造性的国家”的国家策略的一个组成部分。1967年，联邦政府成立了澳大利亚艺术委员会（Australia Council for the Arts），其职责与职能是一个由联邦政府运行的经费管理与顾问机构，主要是支持本国音乐、著作、戏剧、电影、绘画、雕塑、舞蹈以及其他形式的文化与文学艺术的发展，以及资助作家和艺术家的创作及其产品的出版与传播等。就澳大利亚戏剧界而言，澳大利亚艺术委员会的资助对象是本国剧作家的创作以及本国戏剧表演艺术家演出本国的戏剧作品，其中包括具有试验性质的创新剧目的创作与演出，也包括资助本国剧场的运作，以此平衡国外戏剧及其演员的演出对澳大利亚戏剧界的影响。

20世纪60年代后期，作为具有大约1300万人口的一个新兴国家，澳大利亚政府所采取的扶持本国文化与文学艺术的政策产生了显著的积极效果。例如，在戏剧创作与演出界，开始逐渐摆脱了国外资本与戏剧演艺资源在澳大利亚占据垄断地位的状况。首先，墨尔本、悉尼和阿德莱德等地都出现了一个创作活跃的戏剧作家群体，在作品的主题内容、人物塑造、社会背景、叙事语言及其叙述手法等诸多方面都具有鲜明的澳大利亚特征，促使澳大利亚戏剧产生了前所未有的深刻变革。上述戏剧变革运动持续发展了十几年，延续至70年代末，创作成就可谓硕果累累，影响深远，在澳大利亚文学发展史上被称为“新浪潮”（“New Wave”）运动。“新浪潮”运动的核心内容是变革与创新，通过建立具有澳大利亚本土特色的新的戏剧艺术模式取代欧洲和美国戏剧冲突的影响，这一意识形态与戏剧艺术发展的地位激发了澳大利亚戏剧艺术家的创作潜力与能量，对澳大利亚戏剧的发展起到了承上启下的重要作用，也带来澳大利亚戏剧的一个繁荣发展的时期。

对于一般阅读大众而言，迄今为止，荣获诺贝尔文学奖的唯一一位澳大利亚作家帕特里克·怀特（Patrick White，1912—1990）是以创作小说见长，1973年因其在《暴风眼》（*The Eye of the Storm*，1973）等小说中“以史诗和心理叙事艺术将一个新大陆介绍到文学之中”而获得这一享誉世界的奖项。然而，如果较为全面地考察一下怀特文学创作的历程及其丰富的成就，也不难发现：怀特的戏剧创作成就无论是就其作品数量而言还是以其文学价值而论，都可谓在其文学创作成就中占有半壁江山。按照怀特在自传中的讲述，他父母双方的家庭祖祖辈辈都是农民，文化水平不高。他出生在伦敦，十岁随父母返回澳大利亚，因为他自幼患有哮喘病，父母将其安置在悉尼郊区的寄宿学校就读，高中时又将其送至伦敦的寄宿学校。在远离家人的情况下，阅读各类文学作品和学习德语、法语等欧洲语言成为他的主要兴趣。为了有助于缓解他的哮喘病，怀特的父母每年夏天带他和其他兄妹前往气候温和的挪威、瑞典和丹麦等斯堪的纳维亚国家旅游，也正是在旅游中挪威剧作家易卜生和瑞典现代文学的奠基人及世界现代戏剧之父奥古斯特·斯特林堡（August Strindberg，1849—1912）所创作的戏剧给他留下了极为深刻的印象。此后，30年代中期怀特在剑桥大学读书期间开始进行文学创作，写作的体裁包括剧本、诗歌和小说。虽然当时创作的《养家糊口的女人》（*Bread and Butter Woman*）等剧作无人问津，但这一时期他进行戏剧创作的兴趣最为浓厚，经常接连数天通宵达旦地写作。1939年，怀特创作的长篇小说《快乐的山谷》（*Happy Valley*）出版发行并在评论界受到好评，使得他信心倍增。1941年，他的第二部小说《生者与死者》（*The Living and the Dead*）问世，为他立志进行文学创作奠定了基础。

二战期间，怀特加入英国空军，作为情报人员驻扎在埃及、巴勒斯坦和希腊等国家数年。战后，他长期居住在伦敦和纽约，进行文学创作。1947年，怀特创作的第二个剧本《重返阿比西尼亚》（*Return to Abyssinia*）问世，并在伦敦上演，但遗憾的是此后该剧的手稿遗失，未能流传下来。与此同时，怀特还创作了第三个剧本《不伦不类的葬礼》（*The Ham Funeral*，1947），描写剧中人物之间因精神追求与情欲的差异所产生的荒诞的戏剧性，以及社会某些侧面畸形的本质，但该剧直到1961年才得以公演和出版。1955年，怀特的第四部小说《人树》（*The Tree of Man*）付梓发行，以欧洲现实主义小说的叙事传统栩栩如生地讲述了主人公斯坦一家在悉尼郊区的森林开荒谋生，克服了自然界、社会以及家庭成员身心所出现的各种天灾人祸，并最后取得成功和获得幸福的故事，显著提升了其小说创作的主题内涵、心理感受的深度以及叙事语言艺术的魅力与特性，标志其小说创作达到了炉火纯青的境界。怀特一生创作了13部长篇小说，包括生前尚未完成的《空中花园》（*The Hanging Garden*）。怀特在遗嘱中说明《空中花园》的手稿必须在他逝世之后马上销毁，然而他的文学执行人并没有照此执行，而是在2002年将这部描写二战期间悉尼一对年轻恋人的小说出版发行。

60年代初期，怀特再次涉足戏剧创作，一方面是因为他在小说创作领域取得卓越的成就，为他再次进行剧本创作提供了重要基础；另一方面源于“新浪潮”运动在澳大利亚戏剧界所产生的强有力的推进作用及其外溢影响。怀特此时的戏剧创作仍旧清晰地显示出易卜生和斯特林堡的创作范式的感染力及其影响，他以现实主义的视角考察和探讨社会现实中与几乎所有人密切相关的主要问题，创作主题也一直是寻找存在的意义和价值等核心问题。此外，他1947年写作的剧作《不伦不类的葬礼》1961年首次公演，评论界和大众媒体对该剧褒贬不一，阿德莱德戏剧节组委会1962年拒绝该剧参演。上述反响出乎怀特的意料，也激发了他重新开始戏剧创作的欲望和抱负。与其小说创作的思路如出一辙，怀特在剧作中塑造的主人公大多为在现实社会中处于边缘化的人物，要么因为恃才傲物或者性格怪诞而与他人格格不入；要么事业一无所成，自暴自弃；要么在生活中遭遇了重大挫折而一蹶不振。他的创作手法是简化故事情节和背景，侧重对人物的心理特征进行由浅入深的探讨和表现。此时，年近五旬的怀特正值旺盛的创作高峰期，当年就完成了第四个剧本《沙萨帕里拉的季节》（*The Season at Sarsaparilla*，1962）。该剧以悉尼郊区的一个公寓为背景，讽刺了剧中的人物生活貌似安稳和幸福而实际上思想落后而不自知，拒绝客观地面对社会与个人的生活现实。该剧当年由专业戏剧团在阿德莱德和墨尔本演出，获得普遍好评，也成为怀特最受欢迎的剧作。

这一时期怀特创作的另外两部剧作是《快乐的人》（*A Cheery Soul*，1962）和《秃山之夜》（*Night on Bald Mountain*，1964）。前者是怀特最中意的作品之一，像《沙萨帕里拉的季节》一样具有讽刺寓意，他将作品的主题称为揭示"善良中的毁灭力量"。在怀特的笔下，剧作的女主人公为人善良，但她做事总是适得其反，好心却总是做出效果糟糕的事情。《秃山之夜》在怀特看来是"澳大利亚第一部真正的悲剧"，描写了一群我行我素的人栖居在悉尼附近丛林中的一座荒山，其中包括一位大学教授及其嗜酒成性的妻子、教授的年轻助手、一位护士，以及一位厌倦都市生活而宁愿与郊外山羊一起生活的女士，他们碰巧聚集在一起，在山上度过了匪夷所思的一天一夜。《秃山之夜》1964年被阿德莱德戏剧节拒之门外，怀特曾在接受媒体采访时说明他不希望这部剧作在他在世时上演。此后，怀特至少十年没有再进行戏剧创作。

1973年怀特荣获诺贝尔文学奖后，澳大利亚文学评论界和戏剧界开始全面认识和评价其文学创作成就。1976年，年轻有为并在澳大利亚戏剧界和电影界崭露头角的导演吉姆·沙曼（Jim Sharman，1945— ）在悉尼演出了怀特的剧作《沙萨帕里拉的季节》，受到了评论界和演艺界的普遍好评，也再一次点燃了这位年逾六旬的剧作家再次进行剧作创作的激情。1977年，怀特创作了《大玩偶》（*Big Toys*），以1976年的悉尼为背景，描写了一个律师事业有成，但他的妻子因为生活无聊而参与政治活动产生婚外情，难以在其奢华的中产阶级生活与左翼政治理念之间做出取舍，该剧围绕上述情感纠纷探讨了婚姻、价值观、阶级差异等方面的问题，讥讽上流社会的虚伪和心灵的空虚。同年，《大玩偶》由沙曼担任导演，搬上舞台。1979年，沙曼又成功地将《快乐的人》搬上舞台，票房收入打破了悉尼歌剧院有史以来的纪录，也由此引发了公众和评论家对怀特戏剧创作的兴趣。

20世纪80年代，怀特以戏剧创作为主，共计完成了三部剧作，其中包括《向司机打手势》（*Signal Driver*，1982）。阿德莱德戏剧节事先为怀特提供了创作资助，以此表达对其戏剧创作的信任。该剧带有自传性的因素，以荒诞派戏剧象征性的手法讨论夫妻双方虽然竭尽全力但仍旧毫无希望改善名存实亡的婚姻关系。该剧始终以郊区一个简陋的公共汽车候车亭为背景，第一幕的时间是20世纪20年代，第二幕是50年代，第三幕是80年代，每一幕的剧情都是男女主人公夫妇来这里候车，以便逃离此地，但每当公共汽车或者有轨电车到来时，他们都犹豫不决，未能及时向司机打手势；每次司机都没有停车，他们也数十年如一日始终没能乘车逃离。另外两个剧作分别是《下层社会》（*Netherwood*，1983）与《岩石上的谢泼德神父》（*Shepherd on the Rocks*，1987）。前者表现了人类社会存在各种差异的重要性，讽刺澳大利亚主流社会的价值观中缺少对于差异予以理解和宽容的内容。后者则以简单的故事情节与复杂的时空情景交织的叙事结构，平行表现了宗教信仰和性两个主题，剧中妓女的人物角色以及过于色情的语言内容凸显了讽刺的寓意。当年该剧在阿德莱德剧院排演时，75岁的怀特亲自参加了彩排并进行指导，而且参加了首演，受到公众的欢迎和致敬。这也是他一生最后一次观看自己的剧作演出。晚年，怀特以诺贝尔文学奖的奖金和自己的稿费设立了“怀特文学奖”，用于资助正在发展和成长中的澳大利亚作家。

显然，怀特的戏剧创作从20世纪30年代开始，延续至80年代，时间长达半个世纪，成为澳大利亚戏剧不断延续和发展的一个重要组成部分，只是其戏剧创作的功绩常常被其小说创作的辉煌遮蔽。可喜的是，在怀特的见证下，60年代“新浪潮”运动中涌现出一个群星璀璨的戏剧创作群体，主要致力于戏剧创作和演出，创作了一批具有重要社会影响力和艺术价值的剧作，谱写了20世纪澳大利亚戏剧发展史上的重要一页。在这一剧作家群体中，具有典型代表性的人物包括大卫·威廉姆森（David Williamson，1942— ）、杰克·希伯德（Jack Hibberd，1940— ）、多萝西·休伊特（Dorothy Hewett，1923—2002）、约翰·罗默里尔（John Romeril，1945— ）、亚历山大·布佐（Alex Buzo，1944—2006）、罗恩·布莱尔（Ron Blair，1942— ）、巴里·奥克利（Barry Oakley，1931— ）、迈克尔·博迪（Michael Boddy，1934— ）、阿尔玛·德·格罗恩（Alma De Groen，1941— ）、鲍勃·埃利斯（Bob Ellis，1942—2016）、罗德尼·米尔盖特（Rodney Milgate，1934—2014）以及路易斯·诺拉（Louis Nowra，1950— ）等。他们所创作的戏剧作品在故事的社会历史语境、主题、人物塑造、叙事语言、故事情节等诸多方面有所创新，冲破了欧洲和美国戏剧传统的范式及其影响，将澳大利亚戏剧推向了一个前所未有的繁荣发展时期，也在很大程度上促使澳大利亚文学在世界范围内得到认同，成为世界文学的一个组成部分。

戏剧家、电影编剧大卫·威廉姆森是“新浪潮”运动中取得卓越的创作成就并具有重要影响的一位人物，也是迄今为止创作时间最长和成就最大的澳大利亚戏剧家之一。大学时代，威廉姆森就读于墨尔本大学和莫纳什大学，学习工程设计，毕业后先是担任设计工程师，然后成为职业剧作家，擅长创作讽刺喜剧，以自然主义的叙事风格和具有澳大利亚本土特征的大众化语言表现剧情和刻画人物形象。1970年，威廉姆森创作了第一个剧作《斯道克来了》（*The Coming of Stock*），同年在墨尔本作为“新浪潮”运动大本营的“辣妈妈”（La Mama，即沿用当时举世闻名的纽约试验剧场的名称）剧场举行了首演，1971年改编为电影，1972年荣获被称为澳大利亚奥斯卡的澳大利亚电影学院奖。《斯道克来了》是一个别具特色的喜剧，描写斯道克等几位初出茅庐的年轻人阴差阳错的爱情经历和异性关系，在戏剧界和电影界都得到好评，为“新浪潮”运动开创了良好的发展契机。威廉姆森也因此崭露头角，在70年代接连创作了一系列具有讽刺特征和深刻社会意义的剧作，成为“新浪潮”运动中最多产和影响力最大的剧作家。作为其创作的起因之一，威廉姆森受当时澳大利亚左翼思潮的影响较大，积极参加左翼团体的社会活动。70年代初期他曾与妻子克里斯蒂·威廉姆森一起访问中国，其间还曾访问北京大学西语系，为师生举办了有关澳大利亚历史、文学和语言的讲座，尽管当时澳大利亚和中国尚未建立外交关系。

威廉姆森在这一时期所创作的剧作中，包括《唐的聚会》（*Don's Party*，1971）、《搬家》（*The Removalists*，1971，另译《搬运工》）、《戏弄生活的三个人》（*Jugglers Three*，1972）、《要是你明天死了怎么办？》（*What If You Died Tomorrow*，1973）、《工程系》（*The Department*，1975）、《亲朋好友》（*A Handful of Friends*，1976）、《足球俱乐部》（*The Club*，1977）与《向北旅行》（*Travelling North*，1979）。在上述剧作中，《搬家》以70年代初的墨尔本为背景，描写警察滥用权力与施暴、家暴和性等内容，在越战时期的澳大利亚引起了广泛的反响，威廉姆森也因其敏锐的社会观察力、深邃的人物性格刻画以及犀利的叙事语言而蜚声国内外。《搬家》荣获澳大利亚作家协会当年颁发的最佳戏剧奖和最佳编剧奖，并获得英国著名的乔治·德怀恩最有前途剧作家奖，成为获得该奖项的第一位英国之外的剧作家。《搬家》同年被改编为电影演出，进一步扩大了“新浪潮”运动与威廉姆森戏剧创作成就的影响，也使其成为澳大利亚戏剧经典巨作之一。在《唐的聚会》和《向北旅行》70年代被改编为电影之后，威廉姆森也涉足电影和电视剧编剧，作品众多，其中包括表现第一次世界大战的好莱坞著名电影《加里波底》（*Gallipoli*，1981）的剧本。

时至80年代，一些曾经在70年代与威廉姆森一起积极参与“新浪潮”运动的剧作家，随着时过境迁，创作的热情逐渐消退，有些人很少或者甚至不再进行戏剧创作。这些外在因素显然没有影响威廉姆森，他不仅始终进行戏剧创作，而且还是一位多产的剧作家，仍旧像70年代一样不断出品具有重要社会影响和艺术价值的作品。他在这一时期的主要剧作，包括描写电影界资本与艺术之间深层次矛盾的《电影界的英雄》（*Celluloid Heroes*，1980），聚焦制片人因为电影投资人的利益而与具有艺术理想和政治责任的电影导演之间产生的矛盾与冲突。《完美主义者》（*The Perfectionist*，1982）表现了一对年轻的夫妻追求不切实际的理想，致使日常生活和恋情举步维艰。《该隐的儿子们》（*Sons of Cain*，1985）是一部喜剧，以80年代澳大利亚新闻出版业为背景，主题与《搬家》等威廉姆森70年代的作品类似，抨击腐败和滥用权力。《翡翠城》（*Emerald City*，1987）讲述了一对来自偏远小城镇的年轻夫妇来到繁花似锦的大都市悉尼谋求发展，不幸被纸醉金迷的奢华生活所诱惑，因而误入歧途。《顶级丝绸》（*Top Silk*，1989）按照威廉姆森得心应手的喜剧风格，描写了一对律师夫妻为儿子的学习成绩和未来发展而殚精竭虑，但结果发现儿子并非愚笨，对自己的未来具有超乎父母想象的周密计划。

作为“新浪潮”运动的核心人物之一，杰克·希伯德是蜚声澳大利亚戏剧界的一位奇才，他以行医为业，与此同时具有创作剧本、长篇小说、诗歌和影视剧本的强烈兴趣和动力。在行医之余，希伯德创作的剧本就多达四十余个。1967年，希伯德在墨尔本大学就读期间就创作了第一个剧本《白色的辐条车轮》（*White with Wire Wheels*），讽刺男青年拜金和歧视女性的价值观，以及盲目追求奢侈的物质生活，在学校的演出大获成功。次年，希伯德创作了澳大利亚六七十年代最受欢迎和票房价值最高的喜剧《小镇疯情》（*Dimboola*），描写了在维多利亚州一个小镇的婚宴上两个家庭出现滑稽的纠纷而最终和解的故事，剧情包括在演出过程中随机邀请一些观众上台参加婚宴，与剧中人物一起用餐和自由交谈，别开生面。该剧的剧情幽默而具有寓意，曾持续不断演出长达两年半之久，并于1973年被改编为电影。1972年，希伯德创作了他最著名的剧作《想入非非》（*A Stretch of the Imagination*），该剧被公认为澳大利亚戏剧的经典之作，在人物刻画等方面都具有不同凡响的创新之处。《想入非非》的剧情并非复杂，剧中唯一的角色是年已八旬的老翁、艺术家蒙克·奥尼尔，剧情是描写他生命中最后一天的生活经历以及内心的所思所感，在老人平静的回忆与思考过程中将叙事时间和空间予以重新组合，将澳大利亚原住民和早期拓荒者的历史、各种社会事件与著名人物以及奥尼尔自身在一生不同阶段的经历糅合在一起，犹如淋漓尽致地书写一幅流动的历史画卷，近乎完美地体现了"新浪潮"运动所倡导的戏剧艺术创新的理念。《想入非非》也是一部享有国际声誉的作品，曾在美国、德国和新西兰演出，1987年还曾在中国演出，翻译和演出均由上海人民艺术剧院完成，成为有史以来第一部在中国上演的澳大利亚剧作。

这一时期其他脍炙人口的戏剧作品，还包括亚历山大·布佐的《诺姆与阿米德》（*Norm and Ahmed*，1968），通过一个白人仓库管理员和一个巴基斯坦留学生之间偶然发生的冲突探讨了种族问题；以及《小职员》（*The Front Room Boys*，1969）、《一败涂地》（*Rooted*，1969）与《科拉莉·兰斯顿妮说"不"》（*Coralie Lansdowne Says No*，1974）。在喜剧《科拉莉·兰斯顿妮说"不"》中，布佐探讨了女性的恋爱心理和价值观，女主人公兰斯顿妮年轻貌美，拥有多位追求者，似乎都配不上她，但她却出人意料地从中选择了一个能力平庸的诗人。另外，布佐的《汤姆与麦格理》（*Tom and Macquarie*，1972）获得当年澳大利亚文学学会的金奖。在上述作品中，《一败涂地》是布佐最重要的戏剧作品之一，通过描写白领男主人公先后因为妻子不忠而被亲如手足的哥们要弄而流离失所，生活一败涂地，讽刺了在物欲横流的社会人际关系是如何脆弱，以及澳大利亚自拓荒时期所形成的传统的兄弟情义也变得名存实亡。

积极参与“新浪潮”运动的作家虽然创作理念与目的具有一些共性，但作为多才多艺的女作家和女权主义者，多萝西·休伊特在戏剧创作题材、人物性格塑造以及叙事语言等方面都具有鲜明个性化的创新性，其中一些特征与她的生平和其他体裁的文学创作相关。1944年，休伊特就读西澳大利亚大学，主修英语语言文学，在大学时代开始写诗，也进行其他体裁的文学创作，然而并非一帆风顺。她36岁发表第一部长篇小说《卷起线轴》（*Bobbin Up*），根据自身的生活经历描写纺织女工艰辛枯燥的工作和内心感受。除了八本诗集、三部长篇小说和一本短篇小说集，休伊特还是一位多产的剧作家，一共创作了20个剧本，1966年创作并演出了第一个剧本《这位老人踉踉跄跄回家了》（*This Old Man Comes Rolling Home*）。她最著名的剧作是《危险的教堂》（*The Chapel Perilous*，1972），剧情具有自传的色彩，是澳大利亚戏剧经典之一。该剧的主人公是一个极具创作天赋但命运不济的女诗人赛丽·班纳，她从中学时代就开始走上文学创作之路，执着地致力于从其所在的家庭和社会环境中追寻人生的价值和意义，直到二战爆发，文明的社会遭受涂炭与毁灭，她才意识到自己的探索徒劳无功。其间，她经历了多次恋爱和失恋、自杀、结婚并生儿育女，以及政治理念的幻灭。班纳一生的文学追求和探索都始终无法摆脱挫折和失败的羁绊，然而就在她万念俱灰，感觉走到生命尽头的时刻，却终于如愿获得了成功。《危险的教堂》一波三折的剧情、女主人公作为一个普通人所进行的不同寻常的追求，以及充满诗意的人物对话，感人至深，也使得休伊特一举成名。休伊特的其他剧作还包括《波特太太与天使》（*Mrs. Porter and the Angel*，1969）、《献给多莉的玫瑰》（*Roses for Dolly*，1972）以及《潘多拉的十字架》（*Pandora's Cross*，1978）。

与多才多艺的休伊特有所不同，约翰·罗默里尔主要致力于戏剧创作与澳大利亚戏剧事业的发展，曾担任澳大利亚国家戏剧家中心主任。罗默里尔在大学时代开始对戏剧创作着迷，先后创作了大约六十部作品，其中包括与“新浪潮”运动中其他剧作家联袂合作的剧作。例如，他1970年与杰克·希伯德联合创作的《奇妙的墨尔本》（*Marvellous Melbourne*）。1974年，罗默里尔创作的《漂游的世界》（*The Floating World*）问世，成为“新浪潮”运动中一部别具特色的作品，描写了70年代澳大利亚与日本的经贸关系状况及其对澳大利亚社会与普通人所产生的影响。二战之后，日本经济得以迅速恢复和发展，拥有了强大的商业购买力，逐渐开始在全球许多地方购买优质资产和自然资源，包括购买澳大利亚大面积的热带雨林。剧中的主人公经历过二战，对日本轰炸澳大利亚达尔文港以及虐待战俘等战争罪行有深刻的记忆，他自己作为劳工也曾受到日本侵略军的虐待，所以他对于日本作为经济大国的崛起以及购买澳大利亚的热带雨林感到难以理解，决定加入一个旅行团，乘坐游轮去日本旅游，以便进一步了解日本及其战后发展的原因。该剧涉及反战、经济发展以及性别平等等方面的内容，但主人公的历史回忆及其对现实的困惑始终交织在一起，他也一直无法完全释怀。罗默里尔在这一时期其他较为重要的剧作包括《芝加哥，芝加哥》（*Chicago*，*Chicago*，1970）和《私生子》（*Bastardy*，1972），后者以表现20世纪上半叶澳大利亚"被偷走的一代"原住民的真实生活经历为题材。

在70年代澳大利亚戏剧界开始崭露头角的青年作家之中，有几位才华横溢和最具有发展潜力的人物，其中之一是路易斯·诺拉。路易斯·诺拉是笔名，其本名是马克·道尔（Mark Doyle）。诺拉童年、少年和青年时代的生活充满了罕见的厄运、疾病、贫困、骇人听闻的各种苦难以及随之而来的身心折磨，难以想象如此悲惨的人生经历为何都降临在一个人身上。就其童年和少年时代的经历而言，可以肯定，在澳大利亚乃至世界其他任何国家的作家中都难以找到与诺拉相比的人。诺拉在经历了苦难之后能够得以幸存下来，并在戏剧创作方面取得许多剧作家难以企及的成就，就此而言，在澳大利亚乃至世界其他任何国家的作家中更是难以找到与诺拉相比的人。诺拉出生在墨尔本郊区的一个普通人家，父亲是汽车司机，母亲始终精神状态不稳定，曾在诺拉出生之前开枪杀死了自己的父亲，原因是后者酗酒和暴戾。诺拉的祖母和外祖母都患有精神疾病，常年住院治疗。家庭成员在精神方面的残疾状况使得诺拉的童年异常凄惨，也在他的记忆里留下了无法消除的深刻烙印。因为家境贫寒，没有父亲的关爱，母亲也总是郁郁寡欢，诺拉没有机会上学读书，只能常年靠捡垃圾谋生。在少年时代，诺拉因为斗殴严重受伤，卧床四年，无法站立和行走。直至那时，诺拉的人生除了悲惨和苦难，他还是半个文盲，谁也无法想象他能够与文学创作有任何关联，更不必说还能够在澳大利亚戏剧史上占据重要的一席之地。

诺拉13岁时有幸得到了他的舅舅鲍勃·赫伯特的接济和照料，并得以上学。赫伯特是一家剧院的经理，偶尔带他去剧院观看各种戏剧演出，甚至偶尔去国外观看演出，使得诺拉逐渐对戏剧产生了兴趣。70年代初，诺拉碰巧接触到俄裔美国小说家纳博科夫的长篇小说《洛丽塔》，读后深有所感，幻想能够从事文学创作。因此，他在拉筹伯大学就读时，主修英语文学，但中途辍学。1973年，他开始在著名的墨尔本“辣妈妈”剧院工作，并开始进行戏剧创作。时来运转，诺拉最早创作的剧作得到了澳大利亚主流出版社和剧院的认可，为他逐渐发展成为一个多产并具有重要影响的戏剧家奠定了基础。他在70年代创作、出版和演出的戏剧作品包括《亲吻独目牧师》（*Kiss The One-Eyed Priest*，1973）、《乔·奥顿之死》（*Death of Joe Orton*，1974）、《心声》（*Inner Voices*，1977）、《茶花女》（*The Lady of the Camellias*，1979）与《愿景》（*Visions*，1979）。这些作品展示了诺拉丰富的历史与文学修养与出类拔萃的戏剧创作能力，尤其是驾驭各种题材与叙事结构的想象力和语言创作天赋，善于通过改编经典作品或者借用历史人物与事件表现他对现实的观察与思考。《乔·奥顿之死》是一部表现现实两性情感的作品，剧情基于1967年澳大利亚剧作家乔·奥顿被谋杀的真实事件。《心声》则是一部具有讽喻意义的历史剧，核心内容讲述了18世纪中叶俄国皇帝伊凡六世一岁登基，在位仅一年之后便被废除，在遥远的要塞秘密囚禁二十余年后被处决。《茶花女》是对法国作家小仲马所创作的同名长篇小说的改编。《愿景》是一部历史剧，描写19世纪60年代发生在美洲巴拉圭的“三国同盟战争”，描写了战争的残暴、价值观的冲突以及对和平的憧憬等借古喻今的内容。诺拉这一时期的创作特征类似莎士比亚的戏剧创作传统，在已有作品故事的基础上进行改编，或者基于历史人物与事件进行创作，借此抒发自己的思想、艺术感受和内心的情感。

3

伴随着社会各界为维护原住民权力所做出的不懈努力，20世纪80年代澳大利亚戏剧界越来越多地出现了一些描写原住民题材的剧作，其中也前所未有地包括一些原住民出身的剧作家所创作的作品。这些作品及其演出在创作题材、叙事语言和技巧，以及表演艺术等方面带来了新的内容与风格。原住民在澳大利亚生存与发展的历史长达四万年，欧洲殖民者的入侵改变，甚至毁灭了他们传统的生活方式与文化，因此原住民戏剧艺术的保存与发展具有前所未有的重要意义。

作为澳大利亚原住民文化与艺术的杰出代表人物之一，杰克·戴维斯（Jack Davis，1917—2000）是具有卓越成就和影响的剧作家和诗人。戴维斯的父母均为“被偷走的一代”，被迫在白人家庭中长大成人。原住民的家庭背景与民族文化传统对戴维斯影响至深，他60年代末期曾担任珀斯市原住民中心主任，70年代担任原住民出版基金会执行编辑。作为原住民的文学代言人，戴维斯擅长用英语创作诗歌与戏剧，他创作的戏剧显著促进了原住民戏剧的继承与发展，是其20世纪澳大利亚戏剧的一个重要组成部分。戴维斯创作的第一个剧本《库拉克》（*Kullark*，1972）以纪实手法讲述了一个原住民部落在西澳大利亚生存和发展的历史，同年该剧公演。《追梦人》（*The Dreamers*，1982）讲述了一位病入膏肓的原住民从长期居住的城镇回到自己的部落，用本部落的方言与亲人们交流和沟通，重新获得了回归家园的感受和心灵的满足。其他描写原住民的剧作还包括《没糖了》（*No Sugar*，1985）和《在家乡》（*In Our Town*，1990）。《没糖了》以20世纪30年代大萧条时期澳大利亚西部的原住民所遭受的野蛮驱赶和奴役为背景，描写了主人公一家人如何进行反抗，以及保护自己的文化和语言。《没糖了》的创作和演出得到了珀斯戏剧节的资助和支持。戴维斯创作的诗集包括《头胎孩子及其他诗集》（*The First-born and Other Poems*，1970）与《黑色的生活诗集》（*Black Life: Poems*，1992）。1985年，戴维斯荣获澳大利亚联邦政府授勋，表彰其在保存和发展原住民文化与文学方面所做出的杰出贡献。

伊娃·约翰逊（Eva Johnson，1946— ）出生于澳大利亚北领地的一个部落，十岁时被迫离开家庭由白人抚养，后来在阿德莱德的孤儿院长大成人。约翰逊青年时代曾在医院当护士，后进入阿德莱德大学学习，获得原住民研究方向的学位。她多才多艺，70年代末期开始进行文学创作，不仅进行戏剧创作和演出，还经常写诗，以及担任电视导演和教师等。作为原住民女剧作家，约翰逊的创作始终围绕“被偷走的一代人”的经历和命运，尤其是与此相关的土地权力、语言与文化权力、文化身份、性别歧视、对同性恋的歧视，以及原住民所经历的各种各样的压迫和迫害。她创作的第一个剧本是《我死时你们都别再嘲笑了》（*When I Die You'll All Stop Laughing*，1979），此后《特金德热拉》（*Tjindarella*，1984）、《弥弥尼的声音》（*Mimini's Voices*，1989）、《地球的心跳》（*Heartbeat of the Earth*，1990）、《他们称呼我什么》（*What Do They Call Me*，1991）与《走向荣耀》（*Onward to Glory*，1993）等剧作陆续问世。1990年，约翰逊荣获澳大利亚文化委员会颁发的终身创作奖，表彰她为保护和发展原住民文化艺术所做出的杰出贡献。约翰逊是获得这一殊荣的第一位原住民作家。

罗杰·班尼特（Roger Bennett，1948—1997）出生在澳大利亚中部一个小镇的原住民家庭，父亲是职业拳击手，经常前往各地参加比赛，以此养家糊口，40年代和50年代曾经是多次获得拳击冠军。因此，班尼特习惯了不断旅行和在临时帐篷里住宿的生活方式，这些经历也成为他后来戏剧创作中不可或缺的内容。班尼特曾在澳大利亚国家原住民文化研究院学习，1986年开始参加戏剧演出，后来开始戏剧创作。他创作的剧本大多以自己的生活经历为基本内容，尤其是四处旅行和拳击比赛的场景和情节。他著名的剧作包括《登上梯子》（*Up the Ladder*，1989）、《葬礼》（*Funerals*，1991）与《马戏表演》（*Circuses*，1990）。作为其创新的主要特色之一，班尼特在《登上梯子》一剧中以宏大的场面表现了原住民拳击比赛的情形，以及拳击手的职业生活与酸甜苦辣的内心感受，除了剧中的主要人物，还设计了五十余位舞蹈演员、歌唱演员和音乐演奏演员参加演出，其中绝大多数人为原住民身份，以此烘托拳击比赛时真实的场景与气氛。该剧的舞台演出设计与效果在当时别具特色，产生了良好的影响。

在澳大利亚戏剧界，怀特实际上从20世纪70年代就开始积极支持原住民权力的运动，他的参与也并非其个人独自的兴趣和意愿，而是顺应了当时维护原住民权力的社会运动。早在1972年，澳大利亚原住民戏剧演员杰克·查尔斯（Jack Charles，1943— ）与作家和演员鲍勃·马扎（Bob Maza，1939—2000）便在墨尔本成立了澳大利亚第一个原住民戏剧公司，并在当年演出了澳大利亚第一部原住民的剧作《摘樱桃的人》（*The Cherry Pickers*），剧中的全部角色均由原住民演员出演。该剧的作者是原住民剧作家、诗人和艺术家凯文·吉尔伯特（Kevin Gilbert，1933—1993）。吉尔伯特具有非同寻常的经历，他父亲是爱尔兰移民，母亲是原住民；他七岁时母亲被父亲杀害，然后父亲自杀，留下八个孩子由亲属抚养成人。吉尔伯特24岁时因为与妻子发生争执而将其杀死，为此被判处终身监禁。在服刑期间，吉尔伯特悔过自新，博览群书，自我教育，并在入狱十年后开始进行文学创作，1968年根据自己的工作经历创作了剧作《摘樱桃的人》，1971年发表诗集《梦幻时间的终结》（*End of Dream-Time*）。1971年，吉尔伯特获得特赦出狱，通过文学创作和其他社会活动积极参与争取原住民权力的运动，并成为具有广泛影响力的领导人物之一，直至其晚年。1992年，吉尔伯特荣获澳大利亚艺术家创作奖。

20世纪80年代，早在70年代“新浪潮”运动中涌现出来的一些具有重要影响的剧作家仍旧活跃在戏剧界，不断创作出一些具有创新性和较为重要影响的作品，其中包括杰克·希伯德根据法国作家莫泊桑的短篇小说改编的剧作《一个风尘女子的艰辛历程》（*Odyssey of a Prostitute*，1984）、《薰衣草袋》（*Lavender Bags*，1985）和《女性狂想曲》（*Female Rhapsodies*，1986），亚历山大·布佐的剧作《大河》（*Big River*，1980）与《远在异国的农场》（*The Marginal Farm*，1983）。在这一时期，希伯德尤其侧重塑造女性人物，上述部分作品的名称对此有所显示。《大河》中的绝大多数重要角色都是女性，《远在异国的农场》中的主人公也是一位有理想和人生追求的女性。

作为澳大利亚戏剧界的奇特人物，路易斯·诺拉如果说是在70年代崭露头角，80年代则是其创作最为多产的十年，共计创作了14部作品。这些作品可以分为两类，一类是诺拉原创的剧作，另一类是他改编的作品。前者包括《孤岛惨案》（*Inside the Island*，1981）、《贵妇人》（*The Precious Woman*，1981）、《盛大演出》（*Royal Show*，1982）、《朝霞》（*Sunrise*，1983）、《黄金时代》（*The Golden Age*，1985）以及《拜占庭之花》（*Byzantine Flowers*，1989）。其中，《黄金时代》与《拜占庭之花》被誉为诺拉的代表作，它们也被评论界列入80年代澳大利亚戏剧界最有代表性的剧作。《黄金时代》这部具有讽喻特征的作品以澳大利亚塔斯马尼亚岛为背景，描写两个旅行者在原始丛林中发现了一个陌生而且与外界没有任何联系的部落族群，他们的衣食住行、语言与人际关系和情感与澳大利亚的现代社会截然不同，由此产生了各种矛盾与严重后果。该剧问世之后票房收入很好，却受到了多位重要批评家的尖锐批评，认为其主题内容、人物形象描写和语言质量等方面都存在缺陷。对此，诺拉难以认同和接受，曾若干年停止戏剧创作，改行从事电视编剧。

诺拉此后的剧作《拜占庭之花》以一战时代为背景，讲述了一对原住民恋人悲怆的爱情故事。为了自己的恋人能够生存下来，男孩在参战前为她在一个农场谋求到了一份工作，然而战后重聚之后却发现在他们的爱情关系中又增加了另外一个男人，即六十多岁的鳏夫农场主。此外，诺拉在这一时期改编和翻译的作品，包括1980年根据18世纪中叶法国故事《美女与野兽》以及其他版本的同名故事改编的剧作，仍旧沿用《美女与野兽》的名称；将法国19世纪剧作家爱德蒙·罗斯坦德（Edmond Rostand，1868—1918）的剧作《大鼻子情圣》（*Cyrano De Bergerac*，1897）翻译为英文，以及1988年根据澳大利亚小说家泽维尔·赫伯特（Xavier Herbert，1901—1984）的小说《卡普里康尼亚》（*Capricornia*）改编的同名剧本。在现当代澳大利亚剧作家之中，诺拉善于通过改编进行创作，他改编和翻译的剧目在数量上也使得其他人难以望其项背。

4

20世纪90年代，澳大利亚戏剧界一些元老级别的剧作家仍旧活跃地进行戏剧创作，其中有些剧作家从60年代或者70年代开始戏剧创作，在长达半个世纪的岁月里持续耕耘，创作兴趣和能量始终处于旺盛的状态，佳作迭出。其中，有些杰出的跨世纪剧作家在21世纪仍旧积极地进行创作。作为现当代澳大利亚创作和演出剧本最多的戏剧家，大卫·威廉姆森在90年代仍旧保持多产的创作势头，几乎每年都至少创作和演出一部新作，以其敏锐的洞察力、深邃的解读能力和艺术表现力捕捉并展示了澳大利亚各行各业与不同阶层和年龄的人所面临的具有普遍性的社会问题。他近年的作品包括《女侦探》（*Siren*，1990）、《金钱与朋友》（*Money and Friends*，1991）、《冠冕堂皇的谎言》（*Brilliant Lies*，1993）、《避难所》（*Sanctuary*，1994）、《已故的白种男人》（*Dead White Males*，1995）、《异端分子》（*Heretic*，1996）、《舞会之后》（*After the Ball*，1997）、《公司氛围》（*Corporate Vibes*，1999）、《面对面》（*Face to Face*，1994）以及《大人物》（*The Great Man*，2000）。威廉姆森长期的创作及其在戏剧界和社会各界所产生的深远影响，使得澳大利亚戏剧在20世纪90年代更加光彩夺目，并赢得了越来越令人瞩目的国际声誉。此外，90年代以来威廉姆森一直是澳大利亚剧目演出数量最多的戏剧家，也是票房价值最高的剧作家，屡次打破票房纪录，其中《金钱与朋友》《已故的白种男人》《异端分子》《舞会之后》《公司氛围》和《大人物》等作品的单一票房收入均超过一百万澳元，将高水准的戏剧艺术创作与大众文化艺术消费需求完美地融合在一起。

作为“新浪潮”运动的领袖人物之一，杰克·希伯德90年代仍锲而不舍地进行戏剧创作，但创作题材涉猎广泛，并非仅限于澳大利亚社会及其不同职业和区域的人们的生活。他在这一时期较为重要的作品包括《浪子回头》（*The Prodigal*

Son，1990）、《尽职尽责的女儿》（*The Dutiful Daughter*，1993）、《遗产》（*Legacy*，1990）、《九十分钟认识西方世界的历史》（*A History of the Western World in Ninety Minutes*，1998）和根据俄国作家托尔斯泰的小说改编的同名剧作《伊凡·伊里奇之死》（*The Death of Ivan Ilych*，1999），惟妙惟肖地描摹了人们因为各自的社会角色和家庭关系而对一个普通人伊凡·伊里奇的死亡所产生的形形色色的感受和反应，鞭辟入里地揭示人性的复杂性及其变化莫测的本质。

亚历山大·布佐在这个时期的戏剧创作也呈现出题材上的延伸和拓展，例如在1995年创作的历史剧《大洋洲联盟：旧金山四十五个国家的故事》（*The Story of the San Francisco Forty-Fivers*），背景是二战之后中、美、英、苏等四国为筹划成立联合国，邀请世界上45个国家自1945年4月开始在美国旧金山举行长达九周的会议，商议成立联合国的具体事宜，包括联合国的组织结构和运作机制等诸多方面的具体事宜。剧情的核心内容围绕时任澳大利亚外交部长的赫伯特·埃瓦特（Herbert Evatt，1894—1965）在会议期间所发挥的关键作用，以及澳大利亚为成立联合国所做出的重要贡献，包括参与起草联合国宪章的条款、安全理事会的构成及其投票权，以及那些曾经被殖民的国家的独立和建立自治政府等重要内容。为了创作这个剧本，布佐在很长一段时间潜心深入研究二战时期的历史以及有关旧金山会议的大量历史文献。该剧不仅展示了埃瓦特部长个人如何利用其聪明才智和丰富的外交经验，竭尽全力克服各种困难，与不同国家的代表团进行磋商，寻求共识和妥协，更为重要的是突出了澳大利亚当时作为一个年轻的国家如何为稳定世界格局和成立联合国所做出的被人忽视的努力与贡献。在布佐看来，这部历史剧的价值在于通过重温联合国如何建构和成立的历史，特别是澳大利亚及其外交部长为此所做出的贡献，说明在全球化的历史背景下国家不分大小强弱都可以对整个人类社会有所作为，也应当以此作为每个国家的责任和义务。

此外，90年代路易斯·诺拉继续保持了80年代以来旺盛和多产的艺术创造力，一共创作了10部剧作，以其作品及其演出的艺术价值、魅力和强大而深刻的社会影响为20世纪澳大利亚戏剧的发展历史画上了一个辉煌而完美的句号。诺拉在这一时期的主要作品包括《瞭望塔》（*The Watchtower*，1990）、《陌生人的夏天》（*Summer of the Aliens*，1992）、《人生如此》（*Cosi*，1992）、《熠熠生辉》（*Radiance*，1993）、《神殿》（*The Temple*，1993）、《乌鸦》（*Crow*，1994）、《一尘不染》（*The Incorruptible*，1995）、《丛林》（*The Jungle*，1995），《波斯尼亚小姐》（*Miss Bosnia*，1995），以及《诸神的语言》（*The Language of the Gods*，1995）。在上述作品中，《人生如此》与《陌生人的夏天》是诺拉最受欢迎的代表作，一直由澳大利亚当红的著名演员出演，常年演出不衰。评论界普遍认为，在诺拉所有的剧作中，这两部作品中的自传因素最为浓厚，尤其是有关他童年和少年时代在身心两个方面所经历的罕见的磨难，以及他对社会底层生活非同寻常的感受和领悟。正因为如此，所有这些非凡的经历和感悟都体现在诺拉对剧中人物性格极其深刻的刻画，对细节予以富有人性深度的描写，以及对语言文字恰如其分的感悟和画龙点睛般的应用中。

从历史来看，这一时期也是诺拉的戏剧创作获得社会认同和赞誉的鼎盛阶段，例如多部剧作改编为电影和电视剧，影响巨大，其中《熠熠生辉》成为澳大利亚第一部由原住民导演和演员演出的电影，因此而载入史册。诺拉的影响如日中天，一直持续到21世纪20年代。其间，他荣获的重要奖项和荣誉包括，《人生如此》获得1992年度新南威尔士州州长文学奖以及1996年度澳大利亚电影学院最佳电影剧本改编奖，《神殿》获得1994年度维多利亚州州长戏剧奖以及该年度的澳大利亚文学协会金奖。诺拉还荣获悉尼大学和格里菲斯大学等大学颁发的荣誉博士学位，以表彰其在戏剧创作领域所做出的杰出的成就和贡献。除此之外，在现当代澳大利亚文学家之中，也无法再找到一位能够与诺拉媲美，能够同时创作剧本、广播剧、电影与电视剧本、长篇小说、短篇小说、传记、散文以及文学评论等各种体裁的作品，而且这些作品中的绝大部分还能够得到大众读者与专业评论家的认同与好评。

回溯20世纪澳大利亚社会及其戏剧发展与嬗变的历史，可以看到，世纪之初，澳大利亚人口数量约为370万，绝大多数人口都分布在边远的贫困乡镇和农场，虽然这个国家在地理上位于大洋洲，没有领土接壤的任何邻国，远离其他任何国家和地区，然而在政治、经济、文化与文学艺术、法律、外交及国家治理等诸多社会领域仍旧是英国殖民地的属性。在这一社会历史文化语境中，戏剧界自然也不例外，创作与演出的本质特征是依附于英国和美国的戏剧传统及其相关资源，缺少具有澳大利亚自身民族特征的原创性，戏剧界主要由模仿以及外国剧作家和演艺人员所主导。就其本质而言，戏剧在澳大利亚整个国家社会中的作用与价值基本上是一种少数人消遣时光的娱乐形式。

时光荏苒，在澳大利亚成为一个独立的国家之后，特别是在二战结束之后，整个社会步入和平的发展阶段。在此基础上，经过戏剧界几代人的创作与演艺人员持续不断的努力，通过奋斗、探索与革新，终于使得戏剧在这一年轻的国度也进入了一个繁荣发展的时期，出现了怀特、威廉姆森和诺拉等一批取得杰出创作成就的戏剧家和艺术家，并以作品非凡的艺术价值和巨大的影响为澳大利亚戏剧赢得了前所未有的国际声誉，使其成为现当代世界文学中不可忽视的一个重要组成部分，也为其自身在21世纪的发展筑造了一个高水平的平台。

搬　家

[澳大利亚] 大卫·威廉姆森　著　李建军　译

第一幕

这幕戏发生在郊区的一个小警所里。警所最近刚建成，但是已经弥漫着一股破败、效率低下的气息。警长丹·西蒙兹是一个五十多岁、身材肥硕的男人。他懒洋洋地靠在一个破旧的办公桌上，审视着这位叫作内维尔·罗斯的警官，就好像他正在为某出剧目挑选重要角色。罗斯是个二十来岁的小伙子。他们沉默了许久。

罗　　斯：喂，要我干点儿啥，警长？

西 蒙 兹：首先，你能不能别他妈蹦跶了？

（停顿。）

你以为你要是站着不动，上头就不给你发工资啦？

罗　　斯：（一阵紧张）现在的薪水还行，是吧？

西 蒙 兹：（看着自己一直在做的填词游戏）名字里有六个字母的魔术师，罗斯。

（停顿。）

好了，我知道了。

（他在纸上写了写。）

并不多，罗斯。如果你碰巧在好地界，能拿不少，在这儿不行。这儿没有多大油水，小子。有点儿小外快，没有多大油水。

罗　　斯：现在不满二十一岁的新警员也可以拿全薪，你知道这事儿吗？

西 蒙 兹：你多大了？

罗　　斯：二十。

西 蒙 兹：钱不重要，小子。

罗　　斯：也不能不考虑啊。

西 蒙 兹：考虑你个头啊。你家老头是干哪一行的？

罗　　斯：我家老头？

西 蒙 兹：他还在吗？

罗　　斯：还在。

西 蒙 兹：他是干什么的？

罗　　斯：（面露尴尬）呃……我不想聊这个。

西 蒙 兹：（对罗斯的沉默感到生气）天啊，他肯定是个淘粪工或者什么的，干些扒粪的活儿。

罗　　斯：他是个木匠。

西 蒙 兹：木匠怎么了？基督就是个木匠。你家老头是个木匠，这没什么丢人的。

罗　　斯：我没觉得丢人。

西 蒙 兹：没有吗？我在你的话里可是听到一点儿犹豫的，小子。听起来你就是觉得丢人。

罗　　斯：我没觉得丢人。

西蒙兹：他是干建筑这一行的吗？

罗　　斯：不是。

西蒙兹：可惜了，我儿子正想找个木匠。他正把房子包给别人装修。你现在有稳定的对象了吗？

罗　　斯：算是有吧。

西蒙兹：那么当你结婚要装修房子的时候，可别去找包工头。

罗　　斯：为什么不找？

西蒙兹：你看看你家的包工头就该知道，他是干吗的？他真是干这个的吗？

罗　　斯：我不知道。

西蒙兹：他只是把活儿承包出去。你懂我的意思吗？

罗　　斯：我觉得是这样。

西蒙兹：包工头只是负责雇用工匠，他可不挑这些人的手艺如何。我不是说你家老头的手艺差，罗斯，但是他们雇来的木匠连给鲜马粪块钉钉子都钉不进去。我儿子的做法是，不光自己能去挑工匠，还能省下一大笔钱。

罗　　斯：听起来不错。

西蒙兹：就像我说的，会省钱比会挣钱强。可惜你家老头不干建筑这一行。

罗　　斯：嗯。

西蒙兹：我认识的大部分木匠都干建筑。他做家具吗？

罗　　斯：（想了想）呃……不，不算是。

西 蒙 兹：太可惜了。我女婿正想找人做一些碗柜。他们确实需要再添置一些。七年生了五个孩子。那混球是个天主教徒，我女儿不是，但那个混球是个顽固的天主教徒。真应该朝他裤裆踹几下。如果他要去面对神父，又能怎么样呢？生孩子的是我女儿，又不是他。真是受不了天主教徒。你是天主教徒吗？

罗　　斯：我不是。

西 蒙 兹：我妻子是天主教徒。这不是她的错，我尊重她的意见。

（停顿。）

你可知道，警界成了他们的天下了。罗斯，你要是想成为警长，那么周五就得吃鲑鱼三明治。我跟我女儿说不要嫁给那个混蛋，但是她也没有资格挑三拣四。长得不赖，说真的，身材也火辣，但动不动就他妈的发火，跟她妈一个样。

（停顿。）

你家老头不做家具真是太可惜了。

罗　　斯：是的。

（停了一会儿。）

西 蒙 兹：他不干建筑也不做家具，那到底他是他妈的做什么的？

罗　　斯：呃……你为什么想知道这个？

西 蒙 兹：你这么看重钱是受他的影响吧？

罗　　斯：我没有特别看重钱。

西蒙兹：那你刚才为什么对薪水那么在乎？

罗　　斯：我没有特别在乎薪水，我只是说你得考虑薪水。

西蒙兹：（一边看着罗斯一边从口袋里掏出一卷纸币）看见了吗？

罗　　斯：看见了。

西蒙兹：这是什么？

罗　　斯：钱。

西蒙兹：这钱从哪儿来的？

罗　　斯：我不知道。

西蒙兹：今晚我出了警所，拿上一只龙虾和半打啤酒，回到家，坐在电视前看摔跤比赛。

（他晃了晃手里的钱。）

你知道这钱从哪儿来的吗？

罗　　斯：不知道。

西蒙兹：我的薪水，这钱来自我的薪水。没有好处费，啥都没有。就是我的薪水。你知道我为什么从来不缺钱吗，罗斯？

罗　　斯：不知道。

西蒙兹：因为我从来没蠢到为了买房子把自己全都抵押出去。十九年前我在博士山买了一个小板房。知道我一个礼拜还多少钱吗？

罗　　斯：不知道。

西蒙兹：一个礼拜五块钱。

（罗斯吹了声口哨以表敬意。）

不要瞎忙活，小子。明白我的意思吗？除了钱，生活中还有许多事儿要去做。你如果懂得该如何规划，那你当警察会过得很好。

罗　斯：当警察生活挺不错的，不是吗？

西蒙兹：前提是你知道该如何规划生活，知道自己最先应该做什么。

（停顿。）

去他妈的规则手册，这是你首先应该学习的事情。明白我的意思吗？生活有自己的规则。

罗　斯：（面色隐隐不安）我……呃……我想咱这儿应该挺忙的吧？

西蒙兹：如果你想忙，咱这儿就会挺忙的。

罗　斯：你什么意思？

西蒙兹：就是我刚才说的。这个区是全市犯罪率最高的地区。

（罗斯吹了声口哨。）

所有黑道上的人都在咱这警所半径两英里内。

（罗斯又吹了一声口哨。）

那些黑道上的人冷酷无情，伙计。我真的不愿意去想在丹德农那些浅墓穴里躺着的尸体数量，那都是本区所赐，小子。

罗　斯：（睁大眼睛）真的假的？

西蒙兹：（点点头）我认为咱这片就是城市犯罪中心。

（罗斯噘了噘嘴。）

这就是他们建了这个分所的原因。

（停顿。）

用来帮助总局。

（停顿。）

我们就是这么做的。

（停顿。）

可这所里就咱们两个人，对不?

（罗斯点点头。）

我们处理不了大事儿。明白我的意思吗?

（罗斯不确定地点了点头。）

明白我的意思吗?

（罗斯不确定地点了点头。）

我们处理不了大事儿，因为这里就咱们两个人。

（停顿。）

我们可以处理小事儿，可因为是小事儿，所以也不用费什么力气。

（停顿。）

这儿的工作量取决于我们怎么看待这些事儿，罗斯。有些事儿我们不能太当回事儿，因为我们不能掌控。同样，有些事儿也不是那么微不足道，还是需要过问一下的。这是城里最棒的工作地点了，小子。你运气不错。

罗　　斯：那我们到底要干什么?

西蒙兹：我们做那些看起来有意思的事儿。要是没有有意思的事儿，（指了指电视）那我们就看午间电影。今天就有埃罗尔·弗林主演的老电影。喜欢埃罗尔·弗林吗？

罗　斯：你多久能碰上一件有意思的事儿？

西蒙兹：这取决于心情。有些天不管什么事儿都挺有意思的。我刚才觉得你今天报到上班就挺有意思的。

罗　斯：（因为没有感到有趣而尴尬）哦，我……呃……

西蒙兹：开个玩笑，罗斯。

（停顿。）

有个小伙子曾经分到这儿来，一进门就说："我听说过你，你个死胖子！"那就很有趣。

罗　斯：他为什么这么说？

西蒙兹：我希望你不要自以为是，罗斯，这儿可没地儿让你耍聪明。这儿只有一个人说了算，那个人就是我。你明白我的意思吗，罗斯？

罗　斯：明白。

西蒙兹：我们一开始把话挑明。

（停顿。）

你父亲到底是做什么的？

罗　斯：（不确定的口气）我认为这跟你没有关系。

（西蒙兹站起身来，绕着罗斯转了起来。）

西蒙兹：我想我们刚才已经说得够清楚了。这儿是谁说了算？

罗　　斯：我只是认为这跟你没有关系。

西蒙兹：（提高嗓音）听着，罗斯。这儿我说了算，我决定什么事儿与我有关，什么事儿与我无关。

（停顿。）

你用闷声不吭的方式来反抗我，是吗？这种感觉很好吗？

罗　　斯：（防御性地）不是的。

西蒙兹：没有让你感觉很好？

罗　　斯：没有。

西蒙兹：什么？那你这是为了反抗而反抗我吗？

罗　　斯：不是。

西蒙兹：（威胁地）我希望你到头来不是在自以为是，罗斯。你要是胆敢跟我要心眼，小子，你不会有好果子吃的。

罗　　斯：（没好气地）我只是认为我父亲的工作跟你没有半点儿关系。

（停了一会儿。）

西蒙兹：小子，你当警察多久了？

罗　　斯：一年。

西蒙兹：不算培训，是正式入职，开始上班。

罗　　斯：这是我第一天上班，你是知道的。

西蒙兹：（看了看表）半个小时，小子，这是你入职开始到现在的时间，才这么点儿时间。刚过半小时你就自以为知道什么事儿与我有关，什么事儿与我无关。

罗　　斯：我没有这么想。

（停了一会儿。）

西 蒙 兹：高中毕业没有及格吧？

罗　　斯：不是的。

西 蒙 兹：我们开始招收许多高中毕业不及格的孩子。你拿到初中毕业证书了吗？

罗　　斯：（尴尬地）我有高中毕业证。

西 蒙 兹：（竖起眉毛表示怀疑）是真的吗？我们招收的警察中没有几个高中毕业的。（讽刺地）你会爬得很快的，小子。到五十五岁的时候，你就能成为警长。你为什么加入警察部队？

罗　　斯：确实不知道。

（停顿。）

我就是想当警察。

西 蒙 兹：所以你加入警察部队了？聪明啊，罗斯。要想当警察，我想不出有比加入警察部队更好的方式了。我明白你为什么拿到高中毕业证了。

（停顿。）

你不会碰巧是来自单亲家庭吧？

罗　　斯：不是。

西 蒙 兹：上一个来这儿的有高中毕业证的小伙子来自单亲家庭。和他相处有点儿难。（陈述的语气）你不是来自单亲家庭。

罗　　斯：不是。

西蒙兹：好。你父亲是个木匠，表示生活比较稳定。靠手艺吃饭的人生活总是比较稳定。我们这种用脑子工作的倒霉蛋才是说完蛋就完蛋。

（停顿。）

是的。我发现有两种人会加入警察部队，罗斯，饭桶和非常聪明的人。我说的聪明是指会来事儿的那种聪明，而不是那种算数得高分的聪明。明白我的意思吗？

罗　斯：（点点头）我想是的。

西蒙兹：饭桶和非常聪明的人。我正在寻思你属于哪一类，罗斯。你为什么当警察，小子？

罗　斯：我就是想。

西蒙兹：好吧，我得好好观察弄明白，因为搞清楚这一点很重要。尽可能多地了解你很重要，这样我就不会犯错误了，不是吗？嗯？

罗　斯：没错。

西蒙兹：我们得像个团队一样合作，罗斯。有时候我们就得像一台上了润滑油的机器一样运转，而这种事儿他们没法在培训的时候教你。你在警校都学什么了？如何开枪吗？他们就教你这种狗屁东西吗？你学开枪了吗？嗯？

罗　斯：是的，我们学了一点儿射击。

西蒙兹：你就朝着假人开枪，嗯？打中心脏得十分，肝脏得六分。真他妈的蠢。

罗　　斯：你总得学会如何开枪吧。

西蒙兹：下次你看见站着不动、心脏处画个靶子的罪犯你再跟我这么说，罗斯。他们没教你遇到现实情况该怎么办。我把话就撂在这里。

罗　　斯：我们也学了徒手搏斗。

西蒙兹：什么？他们除了教你如何开枪打人，还教你怎么去暴揍别人？

罗　　斯：你得为各种可能发生的事情做好准备。我是这么想的。

西蒙兹：你是这么想的，呃？

罗　　斯：我是这么想的。在这个迅速变化的世界里，你得做好万全准备。

西蒙兹：（笑）迅速变化的世界。你是把他们给你的训练手册吞进肚子里了吧，罗斯？这个世界什么都没有变，小子。

罗　　斯：（认真地）在如今这个年代，我认为我们必须为变化做好准备。我认为我们的思想要能够接受新的观点以及新的处事方式。我认为这是最重要的。

西蒙兹：（稍微恐吓地）听着，你这死脑筋。我当了二十三年警察，从来没有拔过枪。从来没有。如果你让自己陷入一个不得不拔枪的处境中，那么你还是别当警察的好。他们还教你什么了，罗斯？如何拘捕犯人，呃？如何拘捕犯人吗？

罗　　斯：（不高兴地）是的，我们学了。

西蒙兹：我干警察二十三年来从来也没有逮捕过谁，罗斯。如果你非得要逮捕谁才能掌控形势，那还是别干警察的好。

罗　斯：（气势汹汹地）那你他妈的到底都干什么了？没拔过枪，没进行过逮捕，那你他妈的到底都干什么了？

西蒙兹：（恐吓地）别冲我吼，小子。

罗　斯：那你他妈的到底都干什么了？

西蒙兹：（更大声地）别冲我吼，小子。

（停顿。）

好点儿了。

（停顿。）

现在我要你好好给我听着。好不好？

（罗斯不高兴地点了点头。）

好不好？

罗　斯：（勉强地）好。

西蒙兹：你他妈的什么都不懂，对不对？

（停顿。）

关于生活、部队，还有你自己，你什么都他妈的搞不清。你连自己为啥参军都不知道。

（停顿。）

我比你多活了三十多年，罗斯，这三十多年里我学到了很多很多东西。如果你想继续像一个瞎子进妓院一样，跌跌撞撞地生活，那是你自己的事儿。如果你的自尊心不允许你去了解一丁点儿来之不易的知识，那敢情好。你就自己跌跌撞撞地过你今后的日子吧，我才不在乎。所有人都是傻瓜，这是你所希望的吗？

罗　斯：（勉强地）不是。

西蒙兹：好。我们之间算是有些进展了。我很高兴你没有那种一点儿帮助都不愿接受的自尊心，我很高兴你感到还是能够接受一点儿建议的。

罗　斯：我一直都是愿意接受建议的。

西蒙兹：那你为什么不愿意告诉我，你父亲究竟是做什么的？

罗　斯：我不认为这跟你有关系。

西蒙兹：（表现出不解）我不懂，罗斯。你想要我的帮助，想要我的宝贵经验，你想在几年里就学到我花了二十三年才弄明白的东西，但是你却不愿意，不想，给我一丁点儿关于你自己的简单信息。（表现出生气）如果我对你一无所知，你他妈的怎么能指望我帮你？

罗　斯：（固执而闷闷不乐地）我不认为你有必要了解这个。

西蒙兹：（发出一声疲倦的长叹）是，这看起来好像是没有关系。我给你讲个小故事，罗斯。几年前，他们直接给我派了一个没有任何工作经验的小伙子，跟你一样。他什么都不跟我说。当然这很正常，有愿意跟我透露他们的事儿的人，也肯定会有不乐意的人。他来的两周后，有个歇斯底里的娘们儿进入警所大喊："强奸啦！"夏天的时候这事儿在这一带很常见。不管怎么说，我们先给了她一片阿司匹林，然后跳上快散架的警车巡视了几圈。让我惊讶的是，那几个有嫌疑的小混混就确确实实地坐在本地的一家汉堡店里。我还没来得及阻止我那小同事，那小伙就打开车门，朝他们冲了过去。我车还没停好呢，他就已经放倒三个人了。后来发现，这婊子才是这一带最放荡的女人。他们全都把她上过了。不用担心，她这么做是因为那几个小混混跟她开了个玩笑，把她留在荒郊野外，因为他们知道她丈夫晚上上完夜班该回家了。这个蠢婊子慌神了，以为检举这几个混混就能把她老公蒙混过去。

罗　斯：那个谁谁怎么样了？

西蒙兹：我那个小同事？

（罗斯点头。）

被人告了，人身伤害。一眨眼工夫就被警局开除了。我啥都帮不上，罗斯。你知道他为啥发神经吗，罗斯？

（罗斯摇头。）

他妹妹几年前被一伙飞车党强奸了。反正别人这么跟他说的，不过我个人觉得里面有猫腻。话说回来，罗斯，如果他信任我，跟我说了，肯定就没有这事儿了。我就提高警惕了呀。你知道为啥我要了解你了吧？

（罗斯点头。）

你父亲是干啥的？

罗　斯：（闷闷不乐地）他给一个承办丧事的人干活，他是做棺材的。

西蒙兹：（努力地忍住不笑）做棺材的？做棺材的咋啦？做棺材有他妈的啥问题吗？我说，如果没有做棺材的人，我们死了以后都往哪儿放啊？我觉得给死人做个棺材和给活人盖个房子对社会一样重要。再说很可能是一个非常厉害的木匠。我跟你说，人们接受不了劣质棺材。做房子偷工减料就算了，劣质棺材可不行。该死的你为什么不好意思说啊？

罗　斯：我没有不好意思，我就是不想告诉你而已。

西蒙兹：为啥？就因为他跟死人打交道吗？

罗　斯：（愤怒地）不是。

西蒙兹：（坚持地）就因为他跟死人打交道吗？

罗　斯：（声色俱厉地）不是！

西蒙兹：不是所有人都像你一样想的，罗斯。这是你要知道的第一件事。大家并不是都觉得一个做棺材的有啥奇怪的。基本没有人这么想。是你脑子有问题，小子。

罗　斯：（闷闷不乐地）我就是不想谈他。

西蒙兹：你这是有问题，是不是？对有些事儿太敏感了，呃？

（西蒙兹若有所思地盯着罗斯，起初并没有注意到两个年轻女子走进警所。两个女子中年长的叫凯特·梅森，穿着打扮比她的妹妹菲奥娜·卡特更富贵讲究。但是菲奥娜平易近人、天真无邪的样子更令人倾心，胜过姐姐的俗艳。凯特精神紧张，矫揉造作，而菲奥娜则不拘泥，轻松自如。两个警察注意到她们。西蒙兹仔细打量她们。停顿了一会儿。）

你们有什么事儿，女士们？

凯　特：（微笑）我和我妹妹要报案，警长。

西蒙兹：（一边懒散地拿过记事本，一边打量凯特）叫什么名字？

凯　特：我是凯特·梅森，她是我妹妹菲奥娜·卡特。

西蒙兹：（记录）好嘞，女士们。（色眯眯地淫笑）说吧。

凯　特：我们是来报案的。

西蒙兹：直说吧，是人身伤害还是财产损失？

凯　特：受伤害的是我妹妹。

西蒙兹：知道了。侵害性质是？（查看记事本）呃……卡特夫人？

菲奥娜：（镇定，不动声色）我丈夫打我了。

西蒙兹：（放下笔，看着罗斯）罗斯。这是梅森夫人和卡特夫人。女士们，这是罗斯警官，他刚从警校毕业。我想你们不会介意罗斯警官处理你们的案子吧？不是因为我觉得这件案子不起眼，事实上正相反。我想让罗斯尽早地接触重要案件。我一直认为当一个年轻小伙子来到你这儿，带着理想和激情，只让他打打杂实在是大错特错。

凯　　特：（微笑）我更希望能跟负责人打交道。

西 蒙 兹：（假装惊讶）你是对我们罗斯警官没信心吗，梅森夫人？

凯　　特：（强颜欢笑）哪能啊，警长……

西 蒙 兹：罗斯警官可是受过南半球最好的警校训练的，梅森夫人。你受过全面训练，对吧，罗斯？

罗　　斯：（犹豫地）我受过训练。

西 蒙 兹：这孩子太谦虚了。你在班级排名第几，罗斯？

罗　　斯：我学习还不错。

西 蒙 兹：多么讨人喜欢的孩子，是不是？你在班级排名第几，罗斯？

罗　　斯：第九。

西 蒙 兹：总共多少人？

罗　　斯：八十人。

西 蒙 兹：（对凯特）前百分之十。（重新算了一下）差不多前百分之十。可惜你没有排到第八名，罗斯。（对凯特）我想你会发现罗斯警官很能干。

凯　　特：（勉强微笑）我相信他很能干，可是……

西 蒙 兹：我断定罗斯警官有能力处理你的案子，梅森太太，所以在某种意义上你拒绝他就是对我的判断力的怀疑。

凯　特：只是……

西蒙兹：罗斯警官已经为可能发生的各种意外做好了准备，对吧，罗斯？

（罗斯看起来很尴尬。）

对吧，罗斯？

罗　斯：对。

西蒙兹：但是我能理解你的疑虑，我觉得你也有权表达出来。毕竟，我们是公仆，为公众服务。我来负责吧。（面对罗斯）我来接手，罗斯，你退后两步，看好了，学着点儿。（面对女士）好了，女士们，乐意为你们效劳。

凯　特：很感激你能亲自处理我们的案子，警长。我妹妹为这事儿很难过。

西蒙兹：是的，家庭暴力是挺可怕的。

凯　特：（翻手袋）我们有医生开的医疗报告。

西蒙兹：（拿过报告看着）估计是你们的律师让你们准备这个的吧？

凯　特：是的，是他让准备的。

西蒙兹：然后叫你们来找我们？

（菲奥娜和凯特点头。）

我想你们很难凭这份报告定罪，女士们。

凯　特：但是真的打得很严重。

西蒙兹：我相信很严重，但是有句行话说："只要老婆还喘气，绝不逮捕家暴人。”我们不想介入家庭纠纷，原因很简单，妻子最终总是不起诉。我们倒是可以把他带来讯问。

凯　特：律师说即使你不拘捕他，也可以把他记录在案。

菲奥娜：是的。我们不太想让你拘捕他，我们只想让你把他记录在案。

凯　特：他说这是挺正规的程序。

西蒙兹：（对提到律师不屑一顾）嗯，他肯定这么说。

凯　特：（仍然有礼貌地）这样应该没问题吧……

西蒙兹：是的，你的律师没有什么错。

凯　特：谢谢，警长。

（西蒙兹拿出一张纸，塞进打字机，摇着头。）

西蒙兹：挺正规的程序。有时候我真不知道这些律师是怎么想的。

（他打了几个字。）

我估计他们的职业训练在某种程度上使他们太不近人情，我有时候忍不住想律师怎么能这样。

（他又打了几个字。）

恐怕你们的律师都爱走程序，而我们警察却更人性化。你会对我们的职责范围感到很惊讶，梅森太太。现在的警察可不是愚蠢无用的片警。警察是社会工作者、婚姻咨询师、心理学家、朋友——只有你想不出的，没有我们做不到的。如果公众多相信警察一点儿，很多案子根本都不用闹到法庭。罗斯，现在警察训练重点是放在如何解决人的困难上，对不对？

罗　斯：是的……嗯……我们的确有一门课程叫作“警察实用心理学”。

西蒙兹：没错！你觉得这门课对你了解人的思想有帮助吗，罗斯？

罗　斯：（羞愧地）那周我生病了。

（西蒙兹对他拉下脸，随后转向两位女士。）

西蒙兹：女士们，我主要的意思是，我不想当有人遇到严重问题找到我时，他们能从我这儿得到的帮助只是打在纸上的几个字而已。我们这个职业并不是这样的。我想如果我能为他们做点儿什么，我就会做的。我们这儿经历了太多破裂的婚姻，女士们。唯一的好处也许是我学到了一些对别人有帮助的东西。

凯　特：太感谢你了，警长，但是我想这份报告也许正是目前最有用的。

西蒙兹：当涉及人有困难时，我们并不总是严格依照法律条文的，梅森太太。也许我们可以帮上忙。

凯　特：（看着菲奥娜）那个……我们……呃……确实有个小问题……

西蒙兹：说吧。

凯　特：那个……呃……菲奥娜有几件相当棒的家具，她是为了买这些家具才出去工作的。

菲奥娜：那不是我重新工作的原因，我就是太无聊了。

凯　特：不管怎么样，主要是你自己付钱买的那些家具。

西蒙兹：听我说，抱歉，女士们，也许我们可以从头说起。你在哪儿第一次遇到你丈夫的，卡特太太？

菲奥娜：（看着凯特，凯特几乎让人察觉不出地示意她回答）在德国。

西蒙兹：他是外国人？

菲奥娜：不，他是澳大利亚人。

西蒙兹：明白了，那就是你曾经出国了。

凯　特：一时冲动，警长。她当时竟然没查查自己能否找到工作。突发奇想，说走就走了。

菲奥娜：（镇定地）不是这样的，凯特。我已经计划了好几年，而且英国有很多工作机会。

凯　特：（对西蒙兹）她当时钱用光了。

菲奥娜：是钱被偷了。

凯　特：那你当时没有给我发电报要钱。

菲奥娜：是的，好吧，我知道拉尔夫对我有看法。

凯　特：是的，好吧，拉尔夫知道你对他有看法。但不管怎么说，他本来会给你寄钱的。

西蒙兹：拉尔夫是你的丈夫？

凯　特：（点头，微笑）不管我妹妹怎么说，警长，事实上是她自己考虑不周。我觉得她总是有点儿冲动。

西蒙兹：（走近菲奥娜，色眯眯地）嗯，有时候冲动这种小缺点还是挺讨人喜欢的，梅森太太。你是否也有点儿冲动呢？

凯　　特：（注意到警长对菲奥娜抛媚眼，欲与她争宠）我觉得我还真有点儿呢。

西蒙兹：（揣摩着各种可能性）嗯。（面对菲奥娜）你在德国遇到了你丈夫，卡特太太？

菲奥娜：（点头）在慕尼黑。

凯　　特：在啤酒节上。

西蒙兹：对，我听说过那儿的啤酒节。

凯　　特：上百个澳大利亚人喝得不省人事。我不知道为啥他们这么麻烦跑到国外去喝酒。他们在国内也照样这么喝。

西蒙兹：（面对菲奥娜）你在啤酒节上遇到你丈夫的？

菲奥娜：是的，我的钱也是那时候丢的。他对我非常好。

凯　　特：对你好？他明明是乘人之危。

西蒙兹：（色眯眯地盯着菲奥娜）他……呃……帮过你？

菲奥娜：（不动声色地）是的，我们在伦敦同居，回国之前结了婚。

（停顿。）

我那时怀孕了。

（菲奥娜微笑。）

我把避孕药和钱放在一个包里了。

凯　　特：（很不满被冷落）她从来就没想过禁欲几天，警长。

（会意地对他微笑。）

菲奥娜：（微笑）肯尼跟我说不会有问题的。

西蒙兹：（色眯眯地盯着凯特）你丈夫是做什么职业的，卡特太太？

凯　特：（决心吸引住警长的注意力）这是个好问题，警长。之前他还说是《先驱报》的驻外记者，结果回国后发现他是个印刷机维修工。我不是讨厌他的职业，就是讨厌他满嘴谎言。

菲奥娜：（微笑）我当时看出来他说谎了，他连名字都拼不对。

西蒙兹：（眼睛还盯着凯特）现在他竟然打你？

凯　特：你应该看看她身上的伤。

（西蒙兹看着罗斯。）

西蒙兹：这主意倒是真的不错。

菲奥娜：（半信半疑地）有这个必要吗？我们有医疗报告。

西蒙兹：会有帮助的。如果我们在报告里写上，即使没有经过专业医疗训练的人都能一眼看出这些伤痕，肯定会更有说服力。

凯　特：让警长瞧瞧你的伤，菲奥娜。

菲奥娜：（仍然迟疑）最大一处伤在我的后背。

西蒙兹：那就让我们瞧瞧吧。

（菲奥娜犹豫地卷起毛衫。西蒙兹非常缓慢地检查着她的屁股和后背，慢慢地、色眯眯地戳着她身上的肉。他一边摸着菲奥娜一边偶尔看一下凯特，与凯特建立了一种肉体的默契。警长的好色使凯特有了快感。）

西蒙兹：疼吗？

菲奥娜：（退缩）疼。

西蒙兹：（继续戳着）这儿吗？

菲奥娜：是，就是那儿。

（她退缩着。）

西蒙兹：是的，我看都变色了。又一个不穿胸罩的妞，呃？

凯　特：穿胸罩本来就违背自然，警长。

西蒙兹：确实如此。（一只手臂搂着菲奥娜）我跟你说句心里话，卡特太太。如果我有一个像你一样的老婆，我不会打她的。（仔细地打量着她）我要是打她才怪呢。

凯　特：她大腿那儿还有伤呢。

（西蒙兹弯下腰，稍微撩起菲奥娜的裙子。）

西蒙兹：这个有点儿不好看出来。啊，看到了。罗斯，拿出你的笔记本。（面对凯特）如果我们有个草图之类的，我们就更有根据了。不用了，听着，这么办吧。快去拿拍立得相机，罗斯。（面对菲奥娜）我想知道你能不能再卷起毛衫和裙子，好让罗斯给这些伤拍个快照。

（菲奥娜迟疑地看一眼凯特，凯特几乎让人觉察不到地示意她没关系。这算是一种背叛了。凯特为了自己开心，想让这种情况继续下去。）

罗　斯：相机放哪了？

西蒙兹：你知道怎么用吗？

罗　斯：（自信满满、跃跃欲试地）训练的时候学过。

（罗斯找到相机，开始拍照。西蒙兹走到坐在桌子上的凯特那里，在她旁边坐下，把一只胳膊搭在她身上。）

西蒙兹：家庭矛盾对每个相关的人都是不愉快的经历。（对罗斯）你能搞定吗，罗斯？

（罗斯意会到色意弥漫，说了句粗俗拙劣的双关语。）

罗　斯：搞什么搞呀？

（他对自己的笑话大笑起来。）

西蒙兹：（简洁地）把腿上那处伤好好照一张。（对凯特）根据我的理解，你妹妹是想用这个作为离婚的证据？

凯　特：她要是脑子还没有全坏的话就会用。

菲奥娜：我现在就是想分居。

（罗斯拍完照片，下台看照片拍得如何。）

西蒙兹：你是打算把这些证据存起来以备不时之需，卡特太太？

凯　特：如果他想找碴的话现在也可以用。

西蒙兹：明白了。（对菲奥娜）如果你离开他，他威胁要报复是吗？

凯　特：我觉得他肯定会。

菲奥娜：（整理好衣服，平缓地说）我觉得他不会。

西蒙兹：他现在还不知道你要离开他吧？

菲奥娜：嗯，还不知道。我刚刚决定的。

凯　特：我们不想让他接触苏菲。

菲奥娜：（对凯特）我不介意他适当接触。

西蒙兹：苏菲是你的女儿吗，卡特太太？

凯　特：是的。她真是个迷人的孩子，警长。肯尼对她不闻不问。我们在南雅拉区给菲奥娜找了一个很不错的小两居，里屋正好给苏菲住。

西蒙兹：听起来真不错。

凯　特：是的，很漂亮的房子。我们能找到这房子还多亏了拉尔夫的一个私交，房地产商查尔斯·威乐。

西蒙兹：他们可是一个大公司，威乐公司。

凯　特：拉尔夫给他看牙。

西蒙兹：你的丈夫是牙医？

凯　特：没错。

西蒙兹：嗯，那跟我原来想的还挺接近。我原来认定你是外科医生的太太。挣的钱一样多，但更有声望。

凯　特：我可不这么认为。

西蒙兹：是的，对于清除胆结石的人和清除牙垢的人，恐怕大家更看重前者。

凯　特：没错。好吧，总之我们能找到那套公寓还是很幸运的。唯一烦恼的……就是……呃……我们之前提的事儿。

西蒙兹：家具？

凯　　特：对，那些家具太棒了，警长，但是恐怕肯尼不会轻易放手的。

西蒙兹：你觉得他会吗，卡特太太？

菲奥娜：是的。

凯　　特：如果他一定要分的话，他肯定会把家具全都卖了，基本上只能卖全部价值的四分之一，然后分了钱，拿着钱就买醉一周。我们倒愿意付给他合理的份额，但是我们知道他肯定不同意。他就是这种人。

西蒙兹：（对菲奥娜）过来，卡特太太，请坐下。

（他示意她坐在他的另一侧。她犹豫地坐下了。警长现在左拥右抱，装腔作势，一副慈父的样子。）

你的丈夫喜欢那些家具吗，卡特太太？

凯　　特：喜欢？快跟警长说说，那些晚上他醉醺醺地回家，说那些家具让他想呕吐。

菲奥娜：（微微一笑）他确实也经常呕吐。

西蒙兹：罗斯。

（罗斯走过来。）

罗　　斯：我觉得我们最好重拍照片，警长。那些伤痕没怎么太显出来。

西蒙兹：（严厉地）用笔圈一下就行了，罗斯。我想让你告诉我，如果一个人不喜欢某些家具到恶心要吐的程度，但是却宁愿便宜卖掉它们，而不是接受一笔丰厚的现金补偿，你认为这个人怎样？

罗　　斯：（困惑地）我不知道。

西蒙兹：那么，罗斯，我不像你，我没有得益于为警察开设的实用心理学，但是我天生的智慧让我将这种行为归为恶意。你认为这是恶意吗？

罗　斯：（耸耸肩）我想是的。

西蒙兹：（对凯特）罗斯还不太确定。卡特太太，一周有哪个晚上你比较确定你丈夫不在家？

菲奥娜：（有些惊讶地）今晚。周五晚上是他的喝酒时间。

西蒙兹：嗯。我想我们今晚可以帮你搬家具，卡特太太。

菲奥娜：（疑惑地看着凯特）噢？

西蒙兹：假设我和罗斯警官今晚安排一个搬运工去你家，帮你装运家具，并把你带到你的新公寓，帮你把家具摆好，然后回来……嗯……警告你的丈夫，他没资格制造麻烦。因为殴打你，他已处于被拘捕的巨大危险中。

凯　特：（看着菲奥娜）那就太好了。我们不会给你带来太多麻烦吧，警长？

西蒙兹：一点儿也不麻烦。

菲奥娜：（疑惑地）肯尼的脾气挺差的。

西蒙兹：我想我和罗斯警官能处理好。这次搬家之后，如果你们乐意，我会时不时地去拜访你们俩，以确保肯尼不去惹事。

凯　特：（意味深长地看着西蒙兹）非常感激，警长。

西蒙兹：（看着凯特）好。能告诉我们你现在的住址吗，卡特太太？

菲 奥 娜：菲茨罗伊北区皇顿街十四号院三号楼。

西 蒙 兹：啊，离这儿不远。你丈夫晚上通常几点到家，卡特太太？

菲 奥 娜：他从不在十一点前回来。

凯　　特：并且总是醉醺醺的。

西 蒙 兹：（对凯特）梅森太太，我想你会在那儿帮助你妹妹吧？

凯　　特：（意味深长地看着西蒙兹）是的，我很乐意帮助她。

西 蒙 兹：好。我让搬运工早点儿到，六点半或七点，那样在我和罗斯警官回去讯问肯尼之前，会有时间让我们庆祝乔迁之喜。

凯　　特：那太好了。

西 蒙 兹：嗯，罗斯，听起来怎么样？你今晚有空去帮一下两位女士吗？

罗　　斯：（尴尬地）嗯，呃……

西 蒙 兹：（严厉地）嗯，有空吗？

罗　　斯：嗯，我……呃……愿意去帮忙，但我……呃……安排了呃……

西 蒙 兹：安排了什么？

罗　　斯：我有……呃……一些事情要忙。

凯　　特：（不是真心地）哦，警长，我们不想打乱罗斯警官的安排。

罗　　斯：（脱口而出）通常我不介意帮忙，但是我女朋友的公司晚上有聚会，我们和她的总经理坐同一桌。

西蒙兹：（不耐烦地）罗斯。

罗　斯：（快速地）通常我不介意帮忙，但是我的女朋友玛丽琳要做头发，我已经付了餐会的订金。

西蒙兹：（不耐烦地）罗斯，你必须要学会的重要事情之一就是……

凯　特：（虚伪地）我们不想扰乱罗斯警官的安排。

西蒙兹：（对凯特）梅森太太，他必须要知道做警察不是一份朝九晚五的工作。

（他转向罗斯，努力让他意识到他们这项安排中有发生性关系的可能性。）

我们有些非常有趣的工作是下班后做的，罗斯。恐怕这回得让你的女友失望了。

罗　斯：（思考中）我们有加班费吗？

西蒙兹：（不耐烦地）是的，罗斯，有加班费。

罗　斯：（高兴了一些）那可以。如果她知道我有加班费就不会那么不高兴。（对女士们）我们正在为买房子攒首付。

凯　特：（假笑）真好。

西蒙兹：那么，女士们，今晚的安排就定了。

凯　特：我们感激不尽，警长。

西蒙兹：（两个胳膊各挽着一位女士送到门口）非常乐意效劳。

凯　特：那今晚见。

西蒙兹：今晚见。

菲奥娜：（有些平淡地）谢谢你，警长。

西蒙兹：乐意效劳。

（女士们离开了。西蒙兹看着罗斯。）

西蒙兹：你这个该死的蠢货，罗斯。

罗　斯：（困惑地）我做错了什么？

西蒙兹：你这个大笨蛋，你差点儿把好事儿给搅黄了。今天晚上我们将会像神仙一样，快活地爽一把。等着有好事儿吧。

罗　斯：（目瞪口呆地）你是说……

西蒙兹：要我说吗？罗斯，我要说的是，你最好从现在开始就保存体力。牙医的老婆归我。高傲自大的娘们儿，但她很喜欢爽一把。等着有好事儿吧。

罗　斯：（严肃地）啧，我希望玛丽琳可别知道了。

第一幕结束

第二幕

如果需要，现在可以安排幕间休息。如果不需要幕间休息，可以放映罗斯和菲奥娜的家庭生活幻灯片。身穿警服的罗斯和为他感到自豪的家人、罗斯和玛丽琳在公司去年的舞会上、菲奥娜和肯尼以及孩子、凯特抱着菲奥娜的孩子等。现在的场景是肯尼和菲奥娜的家里。

时间是当天晚上六点半。菲奥娜正在熨衣服，准备搬家。近旁有一摞她要打包小物件用的纸箱子。砰的一声撞门，肯尼欢笑着唱着歌，胳膊下夹着半打啤酒瓶进来了。菲奥娜吃惊地抬起头。肯尼走向她，一边抚摸她一边长时间地吻她，明显比她更享受这个吻。

菲奥娜：（紧张地）你回家干什么？

肯　尼：嗨，这真是温馨的欢迎方式。这是我的家，不是吗？

菲奥娜：周五晚上你通常是不回家的。

肯　尼：无法预料，这是我的魅力之一。

（他看着她。）

你怎么了？

菲奥娜：没什么。

肯　尼：那就笑一个吧？

（菲奥娜挤出一丝笑。）

天哪！如果你只能这样子，我还是去看电视吧。

（他拎着啤酒瓶，走向沙发，放下啤酒，一屁股坐下，找到遥控器，打开电视。他看了几秒钟电视节目，然后转过身对着菲奥娜。）

给我开瓶器。

（菲奥娜走到厨房的一个抽屉前。）

再拿一个杯子。

（她从抽屉中取出开瓶器，伸手拿了一个杯子。她迟疑着。）

菲奥娜：呃……我……呃……没想到你会回来，所以没准备晚饭。你为什么不出去和哥们儿一起吃饭呢？

肯　尼：给我简单弄一块牛排什么的就行了。（恼火地）该死的开瓶器呢？

（菲奥娜给他拿来杯子和开瓶器。）

菲奥娜：你为什么不出去和哥们儿一起吃饭呢？

肯　尼：（恼怒地看着她）我说给我弄一块牛排来。

菲奥娜：不行，我在熨衣服。

（肯尼又喝了一杯，看了一眼电视。他起身走向菲奥娜。菲奥娜在神情紧张地熨衣服。）

肯　尼：我的天哪！你在熨衣服啊，这太不对劲了。

（他拿起她熨的一件衣服。）

我的天。（看着她熨过的衣服）没发现一件是我的衣服，但我不该抱怨。看到你手里拿着熨斗就够让人惊讶的了。上次你熨我的衬衫还是在我们结婚的两天前。

菲奥娜：你为什么不出去和哥们儿一起吃饭呢？

肯　尼：（生气地）这是干什么呢？你要赶我走吗？男人决定改邪归正，回归家庭，刚一进家门，却发现老婆想方设法要赶他走。（突然怀疑地）你是不是有别的男人了？是因为这个才想赶我走的吗？

菲奥娜：当然不是。

（肯尼走过来，在身边一堆待洗的衣服里乱翻。）

肯　　尼：嘿！这是谁的内裤？

菲奥娜：你的。

肯　　尼：（好斗而怀疑地）不是我的。

菲奥娜：别傻了。

肯　　尼：（拿着内裤走向菲奥娜）这根本就不是我穿的号码。

菲奥娜：（看着）是的，是你的号码，34号。

肯　　尼：是我的号码吗？

（菲奥娜点了点头，回头继续熨衣服。肯尼仍然疑心重重，他解开裤子的扣子，拉出他身上内裤的标签看。）

肯　　尼：（胜利似的）我的是36号！

菲奥娜：（疲倦地）这是你妈给你的那条。

肯　　尼：（泄气地）噢。

（肯尼系上他的裤子，回去继续看电视。他看了几秒钟，然后转过头来。）

给我弄点儿牛排来，亲爱的。

菲奥娜：（急躁地）出去吃饭吧。

肯　　尼：（起身，走向她，咆哮起来）滚到厨房，打开冰箱，拿出一块牛肉，放到烤架上，你个懒货。

菲奥娜：（坚定地）出去吃饭吧。

肯　　尼：（愤怒地）不，你没有其他男人要来。你就是他妈的太懒了。就是这样，你个懒女人。

（他看到了那摞纸箱子。）

这些是什么？

菲奥娜：（紧张地）纸箱子。

肯　尼：（咆哮起来）我看得见，你个蠢货。

（他把纸箱子踢得房间里到处都是。）

该死的，它们是干什么用的？就好像我们家还不够乱似的。它们是干什么用的？

菲奥娜：（紧张地）这……呃……超市在处理它们。我想它们可能有点儿用处。

肯　尼：有什么用？

菲奥娜：（思考）给苏菲玩儿。

肯　尼：开什么玩笑。

菲奥娜：她可以用它们搭房子什么的。

肯　尼：她会把它们撕成碎片，就像她撕碎我那该死的汽车手册那样。

菲奥娜：那是一年多以前的事儿了。

肯　尼：（愤愤不平地）那本书已经绝版了。恩豪汽车手册。现在无论如何也搞不到一本了。小屁孩在哪儿？

菲奥娜：（神情紧张地）她在我妈妈那里。

肯　尼：（愤怒地）那老东西总是带走她。

菲奥娜：她两个星期没带她了。

肯　尼：我还打算陪她玩呢。

菲奥娜：抱歉。

肯　　尼：我到家后总是逗她玩。

菲奥娜：（发怒地）你周五从来不在家。

肯　　尼：那老东西只知道给可怜的孩子灌输所谓的社交礼仪。

菲奥娜：别犯傻了。

肯　　尼：上次她去那边，回家后像个小鹦鹉似的不停地说“谢谢，请”，直到我改正她为止。

菲奥娜：（咬着牙）拜托，请你出去和哥们儿吃饭吧！

肯　　尼：（不再看电视，起身走向她，带着求和的表情）不管怎样我们别吵了，我回家不是来吵架的。

（他摸着她的屁股。他回家的目的很明显。她没有反应。）

过来一起看电视吧？

（他摸着她的胸和屁股。她没有反应。）

来吧，亲热亲热？

菲奥娜：（烦躁地）我没心情。

肯　　尼：（仍然抚摸她）昨晚你有。

菲奥娜：（突然发怒）是的，紧接着你就痛打我一顿。

肯　　尼：不是紧接着，而且是因为完全不同的事情，我没打你那么狠。

菲奥娜：嗯，刚刚跟人家做爱，紧接着把人家痛打一顿，这样怎么能让人家有好心情？

肯　　尼：（把手从她身上拿开）听着，厨房的垃圾桶我已经警告过你两天了。

菲奥娜：你自己为什么不去倒掉它？

肯　　尼：（愤怒地）那是你的活。我就是想不通，一个做母亲的，怎么能让厨房的垃圾桶脏成那个样子，让那么小的女儿受到健康威胁。

菲奥娜：什么臭屁话。

肯　　尼：没错儿，就是臭。别的且不说，该死的垃圾桶难闻死了。

（他们激烈的争吵被一阵敲门声或门铃声打断了。菲奥娜很焦虑。她以为是搬运工来了。肯尼大踏步冲到门前，用力打开。凯特进来了。看到肯尼在，她很惊讶，焦虑地看向菲奥娜。）

我的天，原来是丧门星姐姐。我们何德何能有此意外荣幸？

凯　　特：（没理他）你好，菲奥娜。我顺便来看看你。

肯　　尼：她很好，你滚吧。

菲奥娜：（对凯特）见到你很高兴，喝杯茶吗？

肯　　尼：是的，再来点儿牛排。

（她看见他一直在看电视。）

凯　　特：（试图对肯尼和气点儿）你在看的是什么？

肯　　尼：电视，一种神奇的新型电器，刚刚流入下层阶级，好让他们的大脑保持沉闷乏味。

凯　　特：（依然平静地）我以为你周五不在家呢。

肯　　尼：我听说你要来，所以我待在家里。

（肯尼起身，急匆匆地经过菲奥娜，冲进厨房，抓起一罐烤豆、一个开罐器和一包面包片。他打开罐头，将豆子和面包塞入口中，故意恶心凯特。他大口大口地喝着啤酒冲下食物。他怒视着凯特。）

你不喜欢我吃东西的样子吗？

凯　特：（冷冷地）你那样狼吞虎咽，会消化不良的。

菲奥娜：（向凯特疯狂地使眼色）我对他说他应该去外面的馆子吃饭。

凯　特：那当然比这种垃圾食品有营养多了。

肯　尼：我已经受够了，我想我还是去那该死的馆子吧。

（他起身穿上夹克。传来一阵急促的敲门声，也许是不停的门铃声。肯尼咕哝着去开门。一个穿着风衣、自信满满的搬运工进来了。衣服上印着“澳大利亚搬运工”的标志。姐妹俩吃惊地看着彼此。菲奥娜退回厨房，后面跟着凯特。她们忙着沏茶。）

你来干什么？

搬运工：你认为呢？

肯　尼：该死的，我怎么知道？

搬运工：那就看看我该死的风衣上的字。

肯　尼：（读着）搬运工。我不需要该死的搬运工。

搬运工：（他以前听过类似的说辞）你看，老板，我有订单。我打了电话，拿到订单，调度员告诉我来这儿。我检查过地址了。

肯　尼：那就再检查一遍。

搬运工：我再次检查过了。

肯　　尼：再检查一遍，因为我不需要该死的搬运工。

搬运工：（变得恼火）听着，别拿我出气，伙计。我只是打了电话，接到订单。这里就是我被派来的地方，也是我要来的地方。如果你改变了主意，那就像个男人一样承认，付给我五块钱的退单费。

肯　　尼：（轻蔑地）五块钱？

搬运工：给我五块钱，我们取消订单。

肯　　尼：别犯傻了，伙计。我不需要搬运工。快滚。

搬运工：我接下来要做两件事情中的一件。拿到我的五块钱离开，或者开始搬家具。

肯　　尼：（变得愤怒）听着，要我告诉你多少遍，伙计，我没有叫搬运工。

搬运工：以前我们有过类似的麻烦，伙计。如果你改主意了，不需要搬运工，给我五块钱，我就走。外面车道上我那价值一万元的搬运车还没熄火呢。如果没有生意，那会造成我的经济损失，懂吗？

肯　　尼：（失去耐心地）听着，伙计，你搞错了，再去好好查查。我数到三，如果你不……

搬运工：（激动地）我知道怎么回事儿。以前我们遇到过这种事儿。有外国佬开低价给你们，是不是？该死的，他们是在自己害自己，那些外国佬。他们一周工作七天，每天工作二十个小时。如果你让他们搬东西，伙计，你最好确定你的东西全都上了保险，因为他们不会爱惜你的任何物品，根本不会。我不止一次见过他们把古董化妆台破坏成引火柴。欲速则不达。

肯　　尼：（威胁的口气）说完了？

搬运工：只是给你提个醒，伙计。

肯　　尼：嗯，没有任何人给我开低价，因为根本没有人给我开价，我根本不想搬东西。

搬运工：噢，很抱歉，伙计，我们通常不会犯这样的错误。我和调度员复核过，不给我五块钱我就不会走人。我是受运输法规保护的。

肯　　尼：（厌烦地）听着，快滚开，否则我打得你满地找牙。

搬运工：你是在威胁我？

肯　　尼：不，我在告诉你怎么做，你这个笨蛋。

搬运工：来啊，挥拳打我呀，伙计。看看会怎么样。挥拳打我呀。

（肯尼厌恶地哼了一下，猛地关上门，走到房间中间。）

肯　　尼：（对菲奥娜）你听到那个傻瓜说话了吗？

菲奥娜：（撒谎）没有。他想干什么？

肯　　尼：你听到了，不是吗？

菲奥娜：（紧张地）没有，我在……呃……和凯特说话。

肯　　尼：（仍然很惊讶地）该死的搬运工，想把我们的家具搬出去。我猜到怎么回事儿了。可能是给他发订单的小姑娘因为受到伤害在报复他，或者他的哥们儿和他开了个玩笑。他太笨，竟然当真了。

（敲门声或者是门铃声再次响起，声音更大。）

（指着门，十分惊讶）那个疯子又来了。（大吼起来）滚，白痴。

（凯特和菲奥娜尴尬地对视着。）

（对凯特和菲奥娜）这次我要教训教训这杂种。

凯　　特：这样吧，我去……呃……和他谈谈。

肯　　尼：（示意她后退）不，待在原地，他是个蠢货，还不知道他会做出什么事儿来，你别动。

（突然，砰的一声，西蒙兹破门而入，径直走过惊讶万分的肯尼身边。罗斯紧跟其后，此时与肯尼面对面站着。尽管他热情满满，但脸上表现出尴尬的神情。跟着罗斯进来的搬运工面无表情。）

肯　　尼：嘿，这到底怎么回事儿？

西蒙兹：好，罗斯，把这混蛋铐起来。

（显然，罗斯第一次执行任务，既紧张，又兴奋。他铐住了不知所措的肯尼，同时也铐住了自己的一只手。）

（大声地）罗斯，别把他和你铐在一起呀！

（罗斯十分慌张，未被铐住的手开始找钥匙，但没找到。）

肯　　尼：（迷惑而生气地）嘿，这到底怎么回事儿？

西蒙兹：因为你打你的妻子，卡特。

肯　　尼：（惊讶地看着菲奥娜）打我妻子？我只是推了她一

下，你不能因为这个逮捕我，我根本就没伤着她。

罗　斯：（对西蒙兹）我想手铐钥匙在我的裤子后兜里。

（罗斯对着西蒙兹撅起屁股。西蒙兹认为此举有损他的尊严，他转向凯特。）

西蒙兹：能否麻烦你帮罗斯警官从他裤子后兜里拿出钥匙，梅森太太？

（凯特照做了，看着菲奥娜。她俩都有点儿不知所措。罗斯接过钥匙，解开自己的那只手铐，把肯尼铐在椅子上。肯尼仍在不停地抗议。）

肯　尼：天啊，我只是推了她一下。她自己绊倒，撞到橱柜上。这都怪她自己，不能逮捕我啊。你们会喜欢一个满是臭烘烘垃圾的厨房吗？

西蒙兹：（大声地）不要把他铐在椅子上，罗斯。

罗　斯：（自我辩解）铐在椅子上，他走不远的。

西蒙兹：（严厉地）他能举起那该死的椅子打扁你，笨蛋。把他铐在桌子腿上。

肯　尼：我说，伙计们，玩笑归玩笑，我再也不推她了。

（罗斯拉着肯尼低头弯腰，为的是把他铐在咖啡桌的腿上。肯尼别扭地弯着腰站着，最后还是坐在了地上。）

听我说，得讲理，伙计们，我的罪名是什么？

西蒙兹：拒捕，还有另外两项人身攻击罪名。

肯　尼：（愤怒地）拒捕？

西蒙兹：你袭击了这位先生（指着搬运工），还一直拒绝开门。

肯　　尼：（难以置信的样子）袭击他？你应该搞清楚事实。他就是个疯子。如果你们要抓人，抓他。他试图敲诈我五块钱，像只疯狗一样。刚才我以为是他又在敲门。

西蒙兹：我说是“警察”，说了两遍，而你拒不理睬。

肯　　尼：我只听到了砸门声。

西蒙兹：（转向凯特）你听到了吗？

凯　　特：（紧张不安地）我俩一直在厨房，警长。

肯　　尼：（对菲奥娜）你个臭娘们儿！就因为我推了你一下，你就去告我。

（对凯特）你一定跟这事儿有关，臭八婆。你干吗多管闲事儿？

西蒙兹：（猛踢肯尼的大腿）骂够了吧，伙计。（对罗斯）记下他拒捕，还满嘴脏话。

肯　　尼：什么？臭八婆？这不是脏话。

西蒙兹：记下来，罗斯。

肯　　尼：（恼怒地）拉倒吧，你们不能闯进别人家里，还打人。

西蒙兹：记下来，罗斯。

罗　　斯：（努力集中注意力）现在我以拒捕、两项人身攻击以及使用污秽语言辱骂他人的罪名将你逮捕。我必须警告你，你所说的一切都将作为呈堂证供，对你不利。所以我建议你乖乖地跟我去警局，你将有机会寻求法律援助。

肯　　尼：（对罗斯）好吧，带我去警局，你个小笨蛋，带我去吧。你们会完蛋的，你们两个。我要去找大律师加尔巴利，告死你们。

罗　　斯：（异常激动地）别这样跟我说话，伙计。我警告你，我是警察，别这样对我说话。乖乖地走，伙计，我警告你。

（他解开肯尼的手铐，准备押送他走。肯尼滔滔不绝地抗议，说着“天啊”，“难道这不是个自由的国家吗”，“为什么你们不把时间放在逮捕真正的罪犯上，把该死的犯罪率降下来”。这时的对话十分混乱，各说各的。）

西蒙兹：你个笨蛋，罗斯。我们这儿的事情还没办完呢。

肯　　尼：（对凯特）这都是你搞出来的吧，你这该死的一心想做名流的古板人。

西蒙兹：（大声地）现在别押走他，罗斯。把他铐在门把手上。

肯　　尼：（还在和凯特说话）你——谁他妈给你的权利让你管人家的闲事儿？别摆出一副臭脸。

（罗斯和西蒙兹把他拖到门口，铐到门把手上。）

也许你认为自己高人一等，但我告诉你，你就像个和人乱搞的修女。

（听到他的辱骂，警长用拳头狠狠地打了肯尼的腹部。肯尼疼痛得弯下腰，喘着粗气。菲奥娜看起来很担心。）

菲奥娜：别这样，警长，实在没必要——

西蒙兹：抱歉，卡特太太，我忍无可忍。我不能容忍有人和女士这样说话，好像她们是贫民窟的妓女似的。

菲奥娜：我们不介意，警长。真的，我们已经习惯了。

西蒙兹：抱歉，卡特太太，你得让我按照我自己的方式来处理这件事儿。

西蒙兹：（对搬运工）卡特太太会告诉你要搬什么家具。帮他搭把手，罗斯。

肯　尼：（焦躁不安地）喂，等一等，你们这是要干吗？

西蒙兹：（生硬地）闭嘴，卡特。

肯　尼：（对菲奥娜）什么？你要离开我吗？就因为我有时候推你一下？

西蒙兹：（更大声地）我在警告你，卡特。

肯　尼：要讲道理，警长。那都是我的家具，是我花钱买的。

西蒙兹：（一把抓住肯尼衬衫的前襟）闭嘴。

肯　尼：我只不过轻轻推了她一下，老天啊，那也是她自找的。她不能就这样带走我的财产。

西蒙兹：（放开肯尼）有人告诉我你并不喜欢这种风格的家具，卡特。

肯　尼：那又有什么关系？是我花钱买的。

（他看着菲奥娜，突然大发脾气。）

我加班加点地工作赚钱，就是为了给这个贱人买家具，而她能做的只是偶尔为我张开双腿。

菲奥娜：（大发脾气）你从来没有加过班。是我自己花钱买的家具。

西蒙兹：（使劲摇肯尼）我警告你，小子。如果我再听到那样的话，我就让你的脑袋开花。

搬运工：（等得不耐烦）咖啡桌要搬走吗，太太？

菲奥娜：（平静下来）是的，谢谢。

（搬运工向罗斯示意，罗斯跳着过来，用一只手把咖啡桌搬了出去。搬运工悠闲地跟在后面。）

肯　尼：（对菲奥娜）什么？你真要走啊。你他妈的倒是多次警告我啊！有利用价值的时候就榨干我，时机到了你就拍拍屁股走人。好吧，我告诉你，我不是傻瓜，这些混蛋来到我家，痛打我一顿，搬走我那些家具，我可不干。（突然感到焦虑）喂！苏菲怎么办？

菲奥娜：你可以来看苏菲。

肯　尼：（怒不可遏地）来看她！她是我亲闺女！你不能这样把她带走！

凯　特：你不会认为我们会把她留在这儿吧？看看你过的什么日子。

（她指着啤酒和切片面包。）

肯　尼：（感到伤心，又怒不可遏）我过的日子没有任何问题，你个讨厌的娘们儿。

（对菲奥娜说）孩子爱我，像个小狗一样跟着我，每天晚上我们都打闹着玩。

菲奥娜：（感到愧疚）周末你可以来看她。

肯　尼：（怒不可遏）每周六我都去看足球赛，你知道的！你肯定疯了。你打算怎么养活你自己？

菲奥娜：我有工作。

肯　尼：天啊，我为你做了那么多，你就这样回报我。在慕尼黑要不是我照顾你，你可能现在还在那里卖身呢。

（警长又用拳头打了肯尼的腹部。他掌控着局势，乐在其中。）

西蒙兹：我不是让你说话小心点儿吗，卡特？难道你聋了还是咋的？

肯　尼：（愤怒，大口喘气，挣扎着）你不能这样对我，你这该死的野人。我要告你，让你倾家荡产。

西蒙兹：好，如果是这样的话，我最好让你有理由告。

（西蒙兹又用拳头打了肯尼的腹部，这时搬运工和罗斯都回来了。）

菲奥娜：（对眼前的暴力感到惊恐）警长——

西蒙兹：抱歉，卡特太太。我讨厌对任何人使用暴力，但我不能容忍一件事儿，那就是一个男人不尊重女人。

搬运工：好好教训这个混蛋。接下来搬什么，女士们？

菲奥娜：哦……

凯　特：鸡尾酒柜，谢谢。

肯　尼：嘿，等一等，我要用的。

凯　　特：什么？用来装你的啤酒杯吧？

肯　　尼：里面有我的一些东西。

（警长走向酒柜，拿出几个啤酒杯。）

西蒙兹：（读出声来）克罗克斯顿帕克酒店。这几天他们在出售啤酒杯吗，卡特？

肯　　尼：一个哥们儿给我的。

西蒙兹：那我们就记下你接受赃物。

（他抽出一个托盘。）

克罗克斯顿帕克酒店也没有发放托盘的惯例。据我所知没有。把它们放到角落去，留作证据，罗斯。

（罗斯把托盘放到角落里，他和搬运工一起把酒柜搬了出去。）

肯　　尼：说句公道话，谁都顺手偷过几个酒杯。

西蒙兹：你去对法官说吧。

肯　　尼：你最好弄清事实。

西蒙兹：（用力推肯尼顶住门）我什么？

肯　　尼：你的警徽不允许你肆意妄为。

西蒙兹：（再次用力推肯尼顶住门）如果我是你，从现在起我就闭嘴，卡特。我可以以袭警罪抓你，你知道这意味着什么。

肯　　尼：我没有碰过你。

西蒙兹：我们不会无缘无故地把人铐在门把手上，卡特。罗斯警官只是在履行职责，你这该死的却发了疯似的。

肯　　尼：（义愤填膺地）发疯？（指着罗斯）是他发疯了。我只是动作慢了一些。

西 蒙 兹：如果这算是动作慢了一些，我讨厌看到你大打出手的样子，卡特。

肯　　尼：我的天啊，你们一进来就——

西 蒙 兹：如果我是你，我从现在起就保持沉默，卡特。如果你因为袭警被抓，卡特太太可以禁止你探望孩子。

肯　　尼：（焦虑地）胡说八道。

西 蒙 兹：这可不是胡说八道，卡特。你的妻子能够易如反掌地拿到法院指令。理由是对孩子的不良影响。

肯　　尼：你以为我是个傻瓜，是吗？我会直接去看医生，开一张受伤证明。

西 蒙 兹：那你就是在白白浪费钱。二十三年来我从没在别人身上留过一个伤痕。

肯　　尼：我要去找加尔巴利律师。

西 蒙 兹：如果你能每天付得起三百澳元，我不明白你妻子搬走一些家具怎么会让你那么难过。

肯　　尼：（转向凯特，停顿了一下）昨晚我梦到你了。

西 蒙 兹：（收回他的手臂，警告肯尼）小心点儿，卡特。

肯　　尼：梦见你在和一只大猩猩做爱。

凯　　特：（冷淡地）真有意思。

肯　　尼：当然，后来你懊恼不已，说你以为是一个警长。

西 蒙 兹：（用拳打他的腹部）够了，卡特，道歉。

肯　　尼：向谁？你还是猩猩？

（西蒙兹又揍了他一拳。菲奥娜很伤心，想上前阻止，却转身走向厨房。搬运工和罗斯回来时，刚好目睹了最后的暴力场面。）

西蒙兹：不会留下伤痕的，卡特。你以为会，对不对？但你大可以相信我。（对罗斯说）警察学校没有教你这个，呃？

搬运工：不想打断你，哥们儿，可是我那价值一万元的车停在车道上，发动机还转着呢。

西蒙兹：（恼怒地）你让那该死的发动机还转着？

搬运工：我就打个比方。

西蒙兹：（生硬地）每人拿一把扶手椅。对吗，卡特太太？

（菲奥娜还在厨房，表示同意。）

搬运工：不要对我发脾气，哥们儿。你可以尽情地揍这个混蛋，但我有我的活要干。

西蒙兹：好，干你该死的活去吧，把椅子搬走。

搬运工：没人这样对我说话，哥们儿。（对罗斯）我们搬沙发。

西蒙兹：（生硬地对罗斯）去搬该死的椅子。

搬运工：（生硬地对罗斯）抓住沙发的另一头。

西蒙兹：（大声对着困惑的罗斯说）去搬该死的椅子。

搬运工：（横眉冷对）在船上要听船长的，对不对？

西蒙兹：对什么对？

搬运工：在这里，你可以为所欲为，哥们儿。但是一旦在我的车上，我说了算，对不对？我装货已经好久了，这是一门艺术。你不能把东西搬上车就完了，对不对？按理说接下来应该搬沙发了，对不对？

西蒙兹：（恼火地）去搬那该死的沙发，罗斯。

搬运工：（居高临下地）我可不想借题发挥，哥们儿，但是你不用太久就会受不了那些外行们，因为他们当中没多少人能理解，搬家其实并不是简单地把家具拖来拖去。

（罗斯和搬运工把沙发抬了出去。）

西蒙兹：（转向肯尼）我们还没听到你向梅森太太道歉，卡特。

肯　尼：你们也不可能听到。

西蒙兹：（威胁地）你是在自找麻烦，是不是？

凯　特：算了，警长。他还说过比这更难听的话呢。

肯　尼：解开手铐，来看看你是不是个真男人，条子。

西蒙兹：我很想那么做，卡特，那样我就可以好好教训你一顿，不用手下留情。

肯　尼：来啊，解开手铐。

西蒙兹：你是在激我，小子。

肯　尼：来啊，解开它。

西蒙兹：你真想比试比试吗？

肯　尼：千真万确。

凯　特：别放开他，警长，他练过拳击。

肯　尼：来啊，解开它。

西蒙兹：我很想那么做，卡特，但一个好的警察从不放纵自己。

肯　　尼：你害怕了吧。来啊，放开我。

西蒙兹：听着，小子，我打赢的架比你吃过的早餐还多。

肯　　尼：你害怕了，你这混蛋。

西蒙兹：我告诉过你了，只要打罗斯或者我一拳，你就再也见不到你女儿了。这是你想要的吗？

（肯尼怒视着西蒙兹，并对菲奥娜大叫。）

肯　　尼：我希望你明白你在做什么。希望你明白，你一旦走出这个门，我们的关系就结束了，我不会再让你回来了。

菲奥娜：（从厨房出来）我没打算回来。

肯　　尼：找到像我一样好的男人很难。我可告诉你了。（想想又说）就算你已经找到了，你也不会和他相处很久，因为好男人很抢手，而且他们也不会像我这么傻。

菲奥娜：我没有别的男人。

肯　　尼：（指着凯特）她嫉妒你。她唆使你这么做是因为她嫉妒你。

菲奥娜：凯特没有唆使我做任何事情，是我自己的决定。

肯　　尼：（轻蔑地）是呀。

菲奥娜：是我自己决定的。

肯　　尼：那你怎么不敢亲自告诉我，而是让你姐姐来做恶人？

凯　　特：菲奥娜自己下定了决心，她要我来给她道义上的支持。

肯　　尼：（嘲讽地）道义上的？“道义”这个词可不适合你，你就是个十足的荡妇，北博文区的色情狂，被人搞坏了的玩意儿。

（西蒙兹向肯尼走去，但停下来看凯特的反应。）

凯　　特：（生气地）你真让我恶心。

肯　　尼：你以为你是谁，还给菲奥娜出主意？你算是墨尔本头号暴露狂，绝无仅有。

凯　　特：（恶毒地）你是个粗俗不堪、口无遮拦、令人作呕的畜生。菲奥娜越早离开这儿越好。

（对警长）我想你知道我妹妹离开的原因了吧？

肯　　尼：这些都是你的亲妹妹告诉我的。

（凯特凶狠地看着菲奥娜。）

凯　　特：（对菲奥娜说）你告诉他什么了？

菲 奥 娜：什么也没有。

肯　　尼：（对凯特）你那个汽车推销员怎么样了？先不说其他的男人。

（凯特凶狠地看着菲奥娜。搬运工和罗斯又进来了。有一阵停顿。搬运工指挥罗斯搬其中一个躺椅，他搬了另外一个。）

凯　　特：拜托，一个外遇有什么大惊小怪的。天哪，现在难道不是二十世纪吗？人们还以为我是色情狂。

菲 奥 娜：（对西蒙兹）她不是。

凯　　特：（感觉到妹妹在轻微地取笑她）我的私生活可能不

是毫无瑕疵，警长，但我想让你知道我很喜欢我的丈夫。

西蒙兹：你不需要向我解释，梅森太太。

凯　特：（凶狠地看着菲奥娜）他们总在背后笑话拉尔夫，但他是个好男人。他给我和孩子们提供了很好的生活，他是个好男人。

肯　尼：如果你用过的屌是汉堡的话，你都能养活一个军团了！

西蒙兹：说话注意点儿，卡特。

肯　尼：我说话是有根据的，警长。

（对凯特）给警长说说我们去年圣诞节烧烤时的事情。

凯　特：别想用那件事儿污蔑我，你这蠢猪！我已经告诉菲奥娜了，她知道发生了什么。

肯　尼：得了吧。你一直想扯开我该死的裤子，直到后来我让你清醒点儿。

凯　特：我据实告诉菲奥娜发生了什么。

肯　尼：那你告诉她那天晚上晚些时候你跟我的哥们儿比利·麦克马斯特干什么了吗？

凯　特：（哑口无言地）我……

（她转向警长。）

肯　尼：（对警长）她就是抵挡不住鼓鼓的裤裆。

（西蒙兹把肯尼朝门上猛撞过去。）

西蒙兹：够了，卡特。

凯　　特：（对菲奥娜）我那天晚上喝得很醉，记不起那么多。

菲奥娜：我不介意。

凯　　特：（愤怒地）我不在乎他说了什么，可你丈夫不会平白无故地灌我威士忌。

肯　　尼：千真万确，我当时只希望你醉倒。

凯　　特：（生气地）你一直怂恿我喝酒，直到我出洋相，然后故意羞辱我。

（停顿。转向菲奥娜。）

我把孩子留给临时看护了。如果你不介意的话，我得叫辆出租车走了。

西蒙兹：（仔细地看着）等会儿你不帮你妹妹卸东西吗，梅森太太？

凯　　特：不，恐怕我得回家了，警长。

西蒙兹：明白了。别叫出租车了，我开车送你。罗斯和那个搬运工（指着刚回来的那两个人）可以帮忙卸行李。

凯　　特：不用了，还是谢谢你，警长。我还是叫一辆出租车吧。

（她走进厨房。她走时西蒙兹一直怒视着她。）

肯　　尼：（对菲奥娜）你要搬到哪里去？

菲奥娜：一个公寓。

肯　　尼：这些家伙要帮你搬进去？我明白了。

西蒙兹：（威胁地）闭嘴，卡特。

肯　　尼：凯特真是可惜了，警长。你本来可以干她的。

（西蒙兹再一次把肯尼顶到门上。）

搬运工：（看着他的手表）不好意思，各位。接下来搬什么？

菲奥娜：（犹豫地）电视机。

肯　　尼：（爆发了）等一下！

西蒙兹：（大喊）闭嘴！

肯　　尼：至少你得把该死的电视机留给我。

菲奥娜：苏菲要看《芝麻街》。

肯　　尼：我该死的什么节目都看。

西蒙兹：（对搬运工）搬走它。

（罗斯和搬运工向电视走过去。）

肯　　尼：（一直断断续续地看着电视）过几分钟再搬走。我想看看那哥们儿有没有上那个老婆。

（搬运工看着他好像在说："你一定是在开玩笑吧"，然后把插头拔了。他看着罗斯把电线卷起来，准备把它拿走。）

西蒙兹：（仍旧发怒地）培训的时候他们教你怎么搬家具了吗，罗斯？

罗　　斯：（阴沉着脸）没有。

西蒙兹：（对搬运工，注意到他想在罗斯干活时自己轻松一点儿。）希望你对罗斯还满意？

搬运工：（没明白话里的讽刺）我不会雇这个小子给我干活的。

西蒙兹：为什么不呢？

搬运工：没有经验。用背搬东西，猛拉硬扯，一点儿也不放松。干活时得知道怎么控制自己的节奏，我可以干一整天的活儿都不累。

西蒙兹：是的，我想你可以。

搬运工：有些家伙以为任何笨蛋都能搬家具，但我要告诉你，我已经干这行好多年了，可我还在学习。

西蒙兹：很好。对了，罗斯，你正在学一门手艺。这就是当警察的好处。

搬运工：我告诉你，这手艺可不是容易的。我装的货牢靠得很，即使走在全国最差的牛车小路上也不会散架。你一夜之间是学不会的，你从书本上也学不到。

（**这个对话继续时，罗斯正搬着电视机蹒跚地向门口走去。**）

我前几天给一个大人物搬东西，我打完包之后，他溜达过来看了看，然后对我说："真整齐啊。""昨天才学会怎么打包的。"我说。"真的？"他竖起眉毛说，"你学得可真快啊。"笨蛋！你说这些混蛋是怎么挣那么多钱的。

（**他跟着罗斯出去了。**）

肯　尼：（**对菲奥娜**）你会给我留点儿东西吗？你已经把电视搬走了，干脆把冰箱，还有洗衣机，把所有东西都搬走吧。

菲奥娜：那边有洗衣机。

肯　　尼：（爆发）你不能把冰箱带走。
菲 奥 娜：你只用它放啤酒。
肯　　尼：你知道，我偶尔也吃东西。
（停顿。）
你最好让我见苏菲。
菲 奥 娜：（突然发怒）我说过你可以见苏菲！
肯　　尼：至少一周一次。
菲 奥 娜：可以！
肯　　尼：如果我发现你和别的男人好上了，我就干掉你们，把苏菲带走。
菲 奥 娜：拜托，我不会和任何人好上的。
肯　　尼：我才不信。听上去你们今晚就要准备偿还人情了。哪个是你的？这个老东西吗？（指警长）看起来他买不起到博文的车票啊。
菲 奥 娜：（生气地）你脑子里全是这些东西，是不是？
肯　　尼：他很可能像你那该死的姐姐一样有露阴癖。
（西蒙兹将肯尼朝墙上猛撞过去，而且很享受这么做。）
（生气地对菲奥娜）快让这该死的暴徒住手。
（菲奥娜因为这种暴行和肯尼的指责而感到不安，退回到厨房。）
你真是个大男人啊！把人铐在门上打。总有一天我会找你算账，条子。
（西蒙兹怒视着他。罗斯和搬运工回来了。）

（用轻柔的嗓音）你想了解一点儿我的私生活吗，警长？

西蒙兹：（嘴唇紧闭）我没有兴趣，卡特。

肯　尼：昨天我干了一天活儿，晚上回到家，我那可爱的老婆像有时候一样非常友好。她连续高潮了五次，警长。（对着警长的脸大喊）而该死的第二天她却要离开我！

（警长狂怒起来。似乎肯尼的话是导火索，使他那原本控制的冲动一下爆发了。他打肯尼的脸。罗斯被吓到了，肯尼浑身发抖，搬运工饶有兴趣地看着。两个女人从厨房出来恰巧看到了这段暴行的后半部分，也都吓得不敢干预。）

这回你会完蛋的，条子。这肯定会显露出来。再来一次，你真的会有大麻烦，来呀，再来一次。（对菲奥娜）你怎么不自己告诉警长呢？我也许是个嗜酒如命的懒汉，但你在床上因为我像宰猪一样浪叫。是不是？说呀，告诉这个混蛋。告诉他有时候你是怎么爽不够的。

（西蒙兹用膝盖顶他的肚子。他喘着粗气。他的声音很大而且充满了愤怒。）

西蒙兹：你认为那证明了什么，卡特？你以为那是对一个男人的检验吗？你以为那是检验吗？自控才是对男人的检验，卡特，是该死的自控。我妻子怀着我们的儿子时有过二十七次肾痉挛，卡特。差点儿他妈的都死了，母子两个。此后该死的五年我都不能靠近她，因为她不能再怀孕。（咆哮）那才是你应有的男子气概，卡特，是该死的自控。

（停顿。所有人都被警长异常的怒气爆发震惊了。菲奥娜被吓得目瞪口呆，但是凯特却走向警长让他平静下来。罗斯和搬运工把冰箱搬了出去。）

凯　特：二十七次肾痉挛。太可怕了。

西蒙兹：（喘着粗气）是的，我们一度放弃她了。

凯　特：你们……你们的儿子，他还好吗？

西蒙兹：非常健康，明年就要去普莱斯顿球队训练。

凯　特：但是这……意味着你们不能要更多的孩子？

西蒙兹：我们还有一个，一个女儿。她现在有五个孩子，一年一个。

凯　特：你妻子坚持冒险把孩子生下来了？

西蒙兹：医生说她不应该冒险，但最后她还是成功地挺过来了。

凯　特：真是太棒了。

西蒙兹：是的。结果还不错，但当时你绝对不知道会怎么样。你有孩子吗？

凯　特：有，最大的今年上三年级。

西蒙兹：什么学校？

凯　特：语法学校。

西蒙兹：在墨尔本吗？

凯　特：吉朗。

西蒙兹：好学校，培养了很多名流的学校。我也想让我儿子上私立学校，但是警察的工资远远不够。

凯　特：是，现在的学费太可怕了。我告诉你，我们的压力也挺大。

西蒙兹：如果工资高的话也没什么。教育支出可以免税。

凯　特：（假装不知道）是吗？可能这就能解释为什么我们还支付得起。

（警长仔细地看着凯特。肯尼在地板上喘着粗气，第一次因为警长的暴力而感到害怕。罗斯和搬运工又回来了。）

搬运工：还搬别的东西吗？

菲奥娜：苏菲房间里的小床。

肯　尼：（温和地对菲奥娜）她来看我时怎么办？

西蒙兹：（把肯尼拽起来，然后威胁道）我们不想再听到你的声音了，卡特。实际上我很确定，如果我再听到一次你说话，我就把你的脑袋打开花，去他妈的加尔巴利。懂我的意思吗！

（肯尼真的害怕了，一言不发。）

（对罗斯）把小床搬走。

菲奥娜：不用了，实际上可以把它留在这儿。凯特要把她家的旧小床给我，我忘了。

凯　特：是的，我希望再也用不到了。

西蒙兹：（漠然地）随便你。

菲奥娜：（对男人们）也许你们可以把卧室里的双人床

搬走。

（罗斯和搬运工到后台。）

凯　　特：（对菲奥娜）那个……出租车应该随时就到，抱歉我不能帮你搬家了。

（菲奥娜耸耸肩。）

西蒙兹：你一共有几个孩子，梅森太太？

凯　　特：三个。

（停顿。警官一直看着她。）

马克是老大，八岁。迪翁六岁，安东尼五岁。

西蒙兹：年龄间隔很合适。

凯　　特：年龄间隔太合适了，但是他们现在全都上学了，谢天谢地。

西蒙兹：你有了更多空闲时间吧？

凯　　特：是的，我的确有了更多一些喘息的空间。

西蒙兹：（漠然地）希望你能很好利用。

凯　　特：是的，这些日子我能出去逛逛了。

西蒙兹：买买东西，是吗？

凯　　特：是的。

西蒙兹：买汽车配件吗？

（尴尬地停顿。罗斯和搬运工搬着床走过去。）

凯　　特：（不自然地）并不是。

西蒙兹：我很好奇，你是怎么认识你朋友的？

凯　　特：什么朋友？

西蒙兹：你那个汽车推销员朋友。

凯　　特：（尴尬地）哦，埃里克，哦。他并不是真正意义上的汽车推销员，他是一家大汽车厂的销售经理。

西蒙兹：那可真是身居要职。

凯　　特：是的，确实是。

西蒙兹：我本来以为身居要职的人不会有太多闲暇时间。

凯　　特：是的，他是很忙。

西蒙兹：我本来以为他根本就没有闲暇时间。

（停顿。）

他结婚了吗？

凯　　特：（谨慎地）埃里克？

西蒙兹：嗯。

凯　　特：（有防备地）是的，他结婚了。

西蒙兹：应该有孩子吧？

凯　　特：（有防备地）是的，三个男孩。

西蒙兹：应该读私立学校吧？

凯　　特：事实上是的。他的大儿子在大学读法律。

西蒙兹：读法律，呃？

凯　　特：他学习很好。

西蒙兹：这我相信。学习法律比执行法律容易多了。

（停顿。）

他的孩子们知道他通奸的事儿吗？

凯　　特：（震惊地）你在说什么！

西蒙兹：你的孩子们知道你通奸的事儿吗？

菲奥娜：警长！我不认为……

西蒙兹：（声音很生硬地指向肯尼）我能理解这种家伙做那种事儿，但我不能理解身居要职的人也那样做，梅森太太。我一点儿都不能理解。

凯　特：我认为我的私生活和你一点儿关系也没有，警长。

西蒙兹：我没说有关系，梅森太太。我只是说出我的意见。

（罗斯和搬运工进来。）

凯　特：（冷淡地）我对你的意见没兴趣，警长。

西蒙兹：（大声地）我一点儿都不在乎你是否对我的意见感兴趣，梅森太太。我当然有权利发表意见。在我看来，身居要职的人有义务确保他们的行为无可指摘。你丈夫知道这事儿吗？

凯　特：如果你不介意的话，我想我还是出去等出租车吧。

西蒙兹：（大声地）特权地位总要连带一些责任，梅森太太。在业界当领导的人不应该辜负这一责任。我希望他不是在福特汽车公司工作，我开的就是福特车。

凯　特：（离开）失陪了。

西蒙兹：（跟着她并大声说）你们有些人以为你们可以为所欲为。你考虑过你的丈夫吗？努力工作让你和孩子们过上好日子。检查别人的口腔，摆弄他们该死的臼齿，一半人还有该死的口臭，这不是什么有意思的工作。你为什么不尝试心存感激，改变自己，不在你丈夫背后和一个有妇之夫乱搞？

（西蒙兹持续地羞辱她，声音在后台很模糊。菲奥娜看了看肯尼和另外两个男人，跟着警长和凯特走向后台，很想去帮她姐姐。）

搬运工：（对罗斯）接下来搬什么？

罗　斯：（对肯尼）接下来搬什么？

肯　尼：（厉声地）我他妈怎么知道？你个大笨蛋！

罗　斯：（受伤，愤怒）我只是问问。

（停顿。）

搬运工：（坚持地）接下来搬什么？

罗　斯：我……呃……出去问问。

（罗斯离开。）

肯　尼：帮个忙，好吗？

搬运工：我是搬家具的，老兄，不是帮忙的。

肯　尼：帮我一个小忙。

搬运工：什么忙？

肯　尼：报警。

搬运工：（指着后台）他们就是警察，你知道的。

肯　尼：给拉塞尔街的警察打电话。

搬运工：为什么？

肯　尼：那个警长快要把我打死了，他像一条该死的疯狗。

搬运工：你为什么这么想？

肯　尼：你看见那个混蛋了，他已经疯了。

搬运工：是你惹火了他。

肯　尼：（难以置信地）惹火他？我刚才没惹他，我有吗？

搬运工：我也觉得她是个十足的荡妇。

肯　　尼：是的，但你不会追着对她大喊大叫，对不？

搬运工：对，但我不是警察。

肯　　尼：那不是该死的重点。

搬运工：（沉思）是的，那你呢？你先前也对她大喊大叫。

肯　　尼：（绝望地）是的，但我有充足的理由。

搬运工：嗯，也许他也认为他有充足的理由。

肯　　尼：听着，拜托做个好人，给拉塞尔街警局打电话吧。

搬运工：你一定是疯了。你以为他们会过来抓他们的同行吗？

肯　　尼：那好吧。你能给我的几个哥们儿打电话吗？

搬运工：你想让我打该死的多少个电话？

肯　　尼：用不了一分钟。

搬运工：（摇头）这事儿我可掺和不起，哥们儿！我那价值一万元的车还在车道上没熄火呢！

肯　　尼：天哪！举手之劳的事儿。

搬运工：对不住，哥们儿。我有一条特简单的人生哲理：有活儿我就干，人不犯我，我不犯人。

肯　　尼：（焦虑地）拜托——

搬运工：别人管好他们的事，我也管好我的事，这就是我的处世之道，懂了吗？

（罗斯回到屋里。他被西蒙兹辱骂了，又懊恼又气愤。）

搬运工：（对罗斯说）还要搬别的什么？

罗　　斯：（恶声恶气地）不知道。

搬 运 工：你没有问问吗？

罗　　斯：（恼怒地）他们还在吵呢。

搬 运 工：听着，我那价值一万元的车还在车道上没熄火呢。

罗　　斯：（生气地）闭嘴！

搬 运 工：对你来说无所谓，我还靠它养家糊口呢，对不？

罗　　斯：闭嘴！

搬 运 工：凭什么？你的上司和那俩女人争论罪与罚，我就得在这儿坐着干等吗？

罗　　斯：（厉声地）闭嘴吧。（对肯尼）我说，还有啥要搬走的？

肯　　尼：（惊奇地看着他）我怎么知道？

罗　　斯：你是她该死的丈夫啊！

肯　　尼：我也刚知道她今晚要搬走！

（罗斯愤怒地下场。）

罗　　斯：（在后台）她想要卧室里的梳妆台吗？

肯　　尼：（恼火地）天哪，这哥们儿！

罗　　斯：（重新出现在舞台上）哎，她喜欢这个不？

肯　　尼：（挖苦地）对不起啊，警官，我跟我老婆没怎么花时间讨论过她对这梳妆台的感情。其实我们打算讨论这事儿很久了，但一直拖着。你觉得这跟我们婚姻失败有关系吗？

罗　　斯：（紧张焦虑地）你看，我没揍你，卡特。我没揍你，所以你没必要冲着我来。这位先生总不能一整天在这儿闲待着。

搬运工：（貌似睿智地）没错，伙计，我那价值一万元的车还在车道上没熄火呢。

肯　尼：我要是再听见你说这句话，哥们儿，我就在你的散热器上撒尿，在变速箱上拉屎。

搬运工：（辩白地）你们当然无所谓了。你们这些拿工资的人根本不懂时间就是金钱，金钱就是时间。

罗　斯：我还以为你是按小时收费的。

搬运工：（发怒地）这不是重点，这根本不是重点。这活儿要是能早点儿搞定，下班前我也许还能接点儿别的活儿。

罗　斯：好吧，那就搬这该死的梳妆台。

搬运工：谁做的主？

罗　斯：我做的主。

搬运工：（坐下来，拿出一根烟）没错，我确实想赶紧弄完，可是我不想半途而废。

罗　斯：滚你的蛋吧。

（罗斯坐下来。西蒙兹大踏步走进来，看见他俩闲坐着。）

西蒙兹：（大声地）这是啥意思？在开他妈的茶话会吗？

搬运工：我要是知道下一个该搬啥，早他妈的开始干了。

西蒙兹：（走向后台）搬走这个梳妆台！（回来）你他妈的就不能主动点儿吗，罗斯？

罗　斯：（抗议）我主动了。

搬运工：（对西蒙兹）你怎么知道要搬梳妆台啊？

西蒙兹：（凶狠地）去搬他妈的梳妆台！

（他们去搬梳妆台。西蒙兹叫住罗斯。）

西蒙兹：你为什么不说？

罗　斯：（转身反驳）我说了，我刚才告诉他要搬梳妆台。

西蒙兹：那你为啥不踢他屁股催他干活呢。赶紧的，干活去吧！

（罗斯和搬运工走开了。菲奥娜从外面回来，迟疑地站在那儿。西蒙兹站在那儿看着她。）

菲奥娜：也许下一个该搬的是卧室的梳妆台。

西蒙兹：他们去搬了。

肯　尼：（对菲奥娜）你自己其实根本没想清楚，是吧？

菲奥娜：（辩白地）不是的，我想清楚了。

肯　尼：（突发奇想地）你妈会给你钱吗？

菲奥娜：（焦躁不安地）不会。

肯　尼：（急切地）她现在在给你钱，是吧？

菲奥娜：她给了我公寓的押金。就那些！

肯　尼：就靠你那点儿工资，你他妈的怎么过日子啊？

菲奥娜：你得给我一些钱。

肯　尼：（气愤地）给你个鬼！是你离开我的，我不用给你一分钱。

西蒙兹：你有义务承担你女儿的一部分抚养费，卡特。

肯　尼：（气愤地）得了吧，是她要离开我的，我凭啥给钱？她妈富得流油。

西蒙兹：你有义务支付你女儿的抚养费，卡特。

肯　　尼：（暴怒地）可是她抛弃了我！

西蒙兹：你暴打她了！她有医院的证明。

肯　　尼：（恼怒地）天哪！这他妈的成了什么世道！以前哪个老婆每周不被痛打一顿，她就不会尊重你！现在可好，就那么充满爱意地拍她一下，她就要离家出走！

西蒙兹：（对菲奥娜）对不起，我对你姐姐没控制好情绪，卡特太太。

菲奥娜：（尴尬地）你确实让她很不高兴。

西蒙兹：是啊，我是个认死理的人。

菲奥娜：我觉得你没必要非得那么跟她说话。

西蒙兹：你不觉得这个世界上还是该保留一点儿诚实吗，卡特太太？

菲奥娜：我同意，但是你要是见了她丈夫拉尔夫，你可能就明白了。

（菲奥娜对着肯尼笑，但是肯尼没有心情回应他们之间长期以来私下常开的这个玩笑。她意识到，她和肯尼的感情中那些珍贵的东西已经不存在了，她感到心里很受伤。）

西蒙兹：如果你需要的话，我还是会帮你把家具搬到公寓去，卡特太太。

（肯尼怒视着西蒙兹。他知道西蒙兹心里是怎么盘算的。西蒙兹知道肯尼知道他的盘算，菲奥娜的困惑和肯尼的愤怒带给他极大的满足和享受。）

菲奥娜：这个……嗯……（看着肯尼）这样吧，还是别麻烦你了，警长。不会有事的。

西蒙兹：你的公寓是在一层吗，卡特太太？

菲奥娜：不是，在二层。

西蒙兹：对啊，你还得需要个帮手，是吧？

肯　尼：离她远点儿，条子。

西蒙兹：以后你得慢慢习惯，你老婆总会偶尔需要别的男人帮忙，卡特。

肯　尼：（对菲奥娜，勃然大怒地）你觉得终于有机会寻欢作乐了，是吧？那你他妈的肯定会震惊的。三个男人中就有一个早泄的，你姐姐没告诉过你吗？三分之一的男人都后背没劲，你问问她！你这些年一直要死要活地想亲身体验，是吧？那你千万别卑躬屈膝地回来求我。我就说这么多。你千万别卑躬屈膝地回来求我！

菲奥娜：（勃然大怒地）拜托！我最盼望的就是休息！

（罗斯和搬运工又进来了。）

搬运工：下一个搬啥？

菲奥娜：（仍然气得发抖）你们要是能把儿童房的小橱柜搬出来，也就差不多这些了。

（搬运工点头。他和罗斯离开。凯特进来，仍然暴怒。）

凯　特：（对菲奥娜）菲奥娜，出租车到了，你想跟我一起走吗？

菲奥娜：（困惑地）去哪儿？

凯　特：去你的公寓。

西蒙兹：（对凯特）你可以回家，梅森太太。我会帮助卡特太太和搬运工。

凯　特：（咬牙切齿地）不，你别想。你今天晚上别想靠近那座公寓，以后每个晚上也别想。去你的道德说教，你就是一个十足的性变态，警长。我太了解你这种人了。在警局，你摸菲奥娜大腿时的表情，我又不是没看见。

西蒙兹：（怒不可遏地）滚出去！

凯　特：别威胁我！

西蒙兹：（大声地）滚出去！

凯　特：我偏不，你能把我怎么样？把我绑在该死的门上强奸不成？

西蒙兹：（逼近凯特）滚出去！

凯　特：你自己说说在警局发生的事情，警长。你说！

（搬运工和罗斯搬着橱柜又走进来。）

搬运工：（看他的手表）这是最后一件了吧？

西蒙兹：（对凯特，自己有点儿歇斯底里）你说谎，臭娘们儿！你他妈的说谎，可你骗不了所有人。

（停顿。）

事实上你从一开始就百般勾引我们。（指着罗斯）一个刚毕业的年轻警官，差点儿就给他留下终生的精神创伤！

搬运工：（对菲奥娜）这是最后一件了吧？

（菲奥娜点头。）

凯　特：（对搬运工）你能在短时间里再找到一个人吗，搬运工？

搬运工：找一个人帮着卸东西？

（凯特点头。）

搬运工：这事儿有点儿麻烦，太太。我拿的合同上说好雇主会提供一个人帮忙。

菲奥娜：（焦虑地）我来帮你。

搬运工：这种活儿不适合女人干，亲爱的。

凯　特：（紧闭嘴唇）你能找到另外一个人吗？

搬运工：呃，也许能吧。能找到，不过得按双倍计时收费。

凯　特：怎么收费都无所谓。你有地址吗？

搬运工：我当然有，太太。

（凯特点头，拉着菲奥娜的胳膊，向外走去。菲奥娜转向肯尼，但肯尼已经开始和西蒙兹说话了。）

肯　尼：你看，他们把家具都搬完了，你可以把我放了吧？

菲奥娜：（对肯尼）听着，苏菲的事，我明天再找你谈。

肯　尼：你能跟他说说放开我吗？

菲奥娜：你现在能解开他的手铐吗，警长？

西蒙兹：卡特先生不是因为你才被铐起来的，卡特太太。卡特先生是因为暴力行为而被控制，有待拘捕。

菲奥娜：我没打算起诉他。

西蒙兹：（饶有兴味地）恐怕这事儿已经由不得你了，卡特太太。他的暴力行为是针对我和罗斯警官的。

凯　　特：（厉声地）你来不来，菲奥娜？出租车不会一直等着。

肯　　尼：他会把我打残的，菲奥娜。

凯　　特：（厉声地）别丢人现眼了！

（凯特把迷惑的菲奥娜拖向外面的出租车。罗斯回来了。停顿。）

西蒙兹：（凶狠地）我们为什么要把你打残啊，卡特？

（西蒙兹向他走过去，把他的头按到门上，直视他的眼睛。）

我们为什么要那么做呢？（对罗斯说）你能想出一个我们那么做的理由吗，罗斯？

罗　　斯：（赌气地）不能。

西蒙兹：你怎么啦，罗斯？

罗　　斯：（赌气地）没什么。

西蒙兹：从我们到这儿，你就像一个便秘的黑熊似的蹦来跳去。你有话快说。你有什么要说的吗？

罗　　斯：（赌气地）没有。

西蒙兹：我告诉你，罗斯。如果你的态度没有明显改进，我就不会在你的第一份报告上写好话。（大声地）你要是心里不爽，跟我过不去，快给我打住，罗斯。趁早给我打住，不然我会让你他妈的吃不了兜着走。快打住，罗斯。（咆哮）打住。听明白了吗？

（罗斯生闷气。停顿了很久。）

你觉得罗斯的潜力如何，卡特？你觉得他会成为一名好警察吗？具备应该有的素质吗？

（肯尼保持沉默。）

哎，你怎么看？

肯　尼：（低声地）这样，先把手铐给我解开行吗？

西蒙兹：我问了你一个问题，卡特。你觉得罗斯会成为一个出色的警察吗？

肯　尼：我挺怀疑的。

西蒙兹：我也是。你觉得他的主要弱点有哪些？

肯　尼：不知从哪儿说起。

西蒙兹：慢慢来。

肯　尼：（试图避开这个话题）一时间还真不太好说。

西蒙兹：（假装气恼）我就是想知道你的意见，卡特。我又不是要你的命根子，是吧？你觉得罗斯缺少的是什么？

肯　尼：他好像脑子有点儿慢。

西蒙兹：可能是主动性的问题。你觉得他缺乏主动性吗？

肯　尼：是的，我注意到了。

西蒙兹：（对罗斯）你觉得我们应该把这混蛋打残吗，罗斯？

（罗斯没有回答。）

（大声地）拜托，罗斯！表现一点儿主动性。我们应该把这混蛋打残吗？

罗　斯：（大声地）不应该！

（西蒙兹对罗斯表现出的主动性假装松了口气。）

西蒙兹：很好，罗斯。

（没有事先警告，西蒙兹凶狠地用膝盖袭击了肯尼的裆部，肯尼痛得蜷起身子。）

我觉得你是对的，罗斯。我们不该狠狠揍他，他不值得。

（他正了正自己的帽子。）

拿走你的手铐。

（罗斯打开了肯尼的手铐，避开对方的眼神。）

好了，罗斯，咱们走。

（他们转身要走。他们向门口走去时，肯尼用胳膊肘把自己撑起来，恶狠狠地向西蒙兹大吼。）

肯　尼：（仍然痛苦地）混账王八蛋！

西蒙兹：你别再招惹我们，卡特。

肯　尼：总有一天我会收拾你，小子。我会收拾你，你这畜生。我有很多哥们儿。

西蒙兹：我没给你定罪，你已经很走运了，卡特。别再得寸进尺。

肯　尼：滚吧！快走啊。滚出去，你这畜生。总有一个漆黑的夜晚你从家里出来，你会得到报应的，小子。肯尼·卡特不会忘记这件事。现在滚回你的警局，回到你的笼子里去吧！

西蒙兹：（冷静地，停顿了一会儿）给他记上，罗斯，罪名是使用辱骂和威胁性语言。

（罗斯犹豫。）

给他记上！

（罗斯向肯尼走去，肯尼抄起一把椅子来威胁他。）

肯　　尼：（恐吓地）你不要再靠近我，蠢货！

罗　　斯：我现在以使用辱骂和威胁性语言的罪名逮捕你，卡特。我必须警告你……

肯　　尼：（靠近他）滚出我家，你这大蠢货！你们也闹够了，现在快滚！

罗　　斯：（向后退）我要警告你，任何企图……

西 蒙 兹：加上蓄意妨碍执法和恐吓行为这条，罗斯。

罗　　斯：除了之前的指控之外……（随着肯尼的逼近往后退）我现在指控你故意……

肯　　尼：（火冒三丈并感受到罗斯的恐惧）你以为穿上警服你就是个人物了？呃？天啊，你就算穿他妈的一百件警服也无济于事，小子。你他妈的就是个人渣！这他妈的毫无疑问！我见过一些胆小如鼠的蠢货，穿着制服装蒜，但你肯定是他们当中最没用的废物！

（罗斯忍不下去了。他瞬间变得狂怒，整个人扑向肯尼。肯尼对这突然的动作没有任何防备，手里拿着的椅子掉了。罗斯把他打倒在地，用拳头砸他，并把他的头往地上猛撞。肯尼挣脱，罗斯的残暴吓得他直往后退。他夺路而逃，来到后台厨房。罗斯追过去。后台传来碰撞和击打的声音。西蒙兹窃笑。后台安静下来，过了一会儿罗斯回到舞台上。他气喘吁吁，脸上血迹斑斑。）

西蒙兹：你就这么放了他吗？

（罗斯喘不上气来。他看上去感到眩晕。）

你就这么放了他吗？

（罗斯吓到了。他看着西蒙兹。）

罗　斯：（声音很轻，沙哑地）我把那混蛋打死了，警长。

西蒙兹：（觉得很好笑）得了吧，罗斯。你以前没有把人打晕过吗？

罗　斯：（恐惧地）我觉得我确实把他打死了。

西蒙兹：你最好在他身上没留下外伤，小子。我希望是干净利落地打在下巴上的一拳。

罗　斯：（恐惧地）不是，我真的觉得把他打死了。

西蒙兹：是这样，那我恐怕得上报此事，万一事情闹大了，我好打个掩护。不过如果你打的是下巴，应该没啥事。

罗　斯：我失去控制了，警长。我就是失控了。

西蒙兹：控制力是你应该好好学习的东西，小子。控制力是法律的精髓。

罗　斯：我就是没办法停下。

西蒙兹：任何时候你要打人，在出手前一分钟，你一定得精准地算计好下手的轻重。这一条很实用，一定要记住。

罗　　斯：（不安地）天哪，警长。我会怎么样？

西 蒙 兹：别担心，小子。我必须上交一份报告，但我在措辞上会尽可能大事化小。我会说，虽然我以为你在拘捕犯人过程中过度使用武力，但我的意见是，这种错误基本上全部归咎于缺乏经验，而不是由于人格或其他方面的缺陷。这是指出警察培训学校问题的好机会。我会指出来，他们对于培养新警察处理实际情况的训练是多么不足。

罗　　斯：（大声地）拜托，警长，我把他打死了，我确实把他打死了！

西 蒙 兹：得了吧，罗斯。人的命比大多数人认为的要强壮得多。大多数新警察第一次把人打昏之后都会恐慌。

罗　　斯：（大声地）进去看一看！

西 蒙 兹：我曾把一个人从一段水泥楼梯上扔下去，罗斯，并且看见他的头先着地。十分钟后，他站起来走了。当然，他当时看起来像个原始人标本一样，可也没有什么大事。你唯一要担心的是卡特可能会筹集一笔钱，跟你没完没了。不过除非他富得流油，等他冷静下来后会慎重考虑打官司的。

罗　　斯：拜托，进去看一看，警长！

（西蒙兹耸耸肩，走进厨房。他回来的时候，面带忧容。）

西 蒙 兹：（生气地）你对他做了什么？

罗　　斯：（害怕地）他死了吗？

西蒙兹：他很苍白。你他妈的到底对他做了什么？
罗　斯：（焦虑地）我失控了。
西蒙兹：你他妈的到底做了什么？他倒下以后，你还在打他吗？
罗　斯：没有。
西蒙兹：你没踢他吧，是不是？你没踢他脑袋吧？
罗　斯：没有，我没踢他。
西蒙兹：但是他倒下以后你打他了，是不是？
罗　斯：可能是。我失控了。
西蒙兹：你这蠢货，罗斯。如果一个人的头不动了，你就永远不能再打他的头。拜托，你什么都不懂吗？
罗　斯：他死了吗？
西蒙兹：嗯，他看起来脸色苍白。
罗　斯：你为什么不摸摸他的脉？
西蒙兹：因为我要出来搞清楚你到底对他做了什么。
罗　斯：拜托，快去摸摸他的脉。
西蒙兹：别对我发号施令，小子。
罗　斯：快去摸摸他的脉。
西蒙兹：我告诉你，罗斯。如果他死了，你必须走人。如果他死了，我帮不了你多少。
罗　斯：（疯狂地）我们可以把场面弄得像是他自杀。
西蒙兹：（快速而严厉地说）什么？我们他妈的为什么要这么说？为了保护你吗？把我自己牵扯进去，就为了保护你？你觉得我们能脱身吗？别忘了他老婆，他老婆的姐姐，还有搬运工。你真觉得我们在这件事上能脱开身吗？总部可能很愚钝，但我告诉你，罗斯，我不会冒着掉脑袋的危险来掩盖你的错误。你那见鬼的失控。最近警校送出来的都是什么玩意儿？拳击手吗？肾上腺素过多还是怎么了？

罗　斯：（歇斯底里地）他们会相信的，警长。他这一天过得糟透了，你得承认这一点。老婆一声不响地离开了他，还带走了电视和冰箱。想象一下如果这发生在你身上，警长，就那么想象一下，这对你来说也会是当头一棒，不是吗？我的意思是，他连个警告都没收到，可怜的混蛋。他前一天晚上和老婆还卿卿我我，爱女儿，我们却连他正在看的电影都没让他看完。我跟你说，他这一天过得太糟糕了。如果我是他，我能想到最好的办法就是自杀。

西蒙兹：（推开他，开始显得恐慌）你疯了，罗斯。你昏头了。你觉得会有人把自己活活打死来自杀的吗？因为情绪糟糕，就用上勾拳打自己吗？你恐怕是遇上麻烦了，罗斯。这件事没有其他的可能性。你这样失去理智胡思乱想一点儿也帮不了你。你这下麻烦大了，小子。恐怕……

罗　斯：（开始在橱柜里乱翻）我们可以把他吊起来。找一段绳子，弄得好像他该死的上吊自杀一样。

西蒙兹：（快速而焦虑地）别他妈犯傻了。淤青和血痕怎么办？你怎么解释？我当警察二十三年了，罗斯。我知道什么情况下能开脱，什么情况下不能。我可以肯定地告诉你，你这次那么逞能是逃不掉的，一点儿希望也没有。你太过分了，小子，恐怕你得承担后果。

罗　斯：（疯狂而大声地）我会说是你干的！

西蒙兹：（站立不稳）你会什么？

罗　斯：（疯狂地）我会说是你干的！

西蒙兹：（惊愕地）你不能这样撒谎，罗斯！

罗　斯：你就是打他的那个人。他们都看见了。他们肯定会相信我的。

西蒙兹：（焦虑地）他们都看见我能控制自己，罗斯，那是他们看见的。我知道下手的轻重，那是他们看见的。

罗　斯：我就说，他们一离开，你就一怒之下把他打死了。

西蒙兹：（焦虑地）不，罗斯。我能控制自己，大家都知道这一点。他们可以骂我是大混蛋，但他们知道我总能控制自己，罗斯。这是我的强项，罗斯，多年来这是我的强项。没人会相信你的话，因为只有头脑发热、没有经验的年轻人才干得出这种事。如果我这么看，其他人也会这么看，罗斯，不管你喜不喜欢。这才是你将要面对的，而不是试图把罪责转嫁到别人身上。任何头脑清醒的人都不会相信这种转嫁。我看你肯定是疯了，才觉得有人会相信你。我认为你在陷入真正的麻烦之前，最好直接去总局自首。

罗　斯：（疯狂地）不，滚你的蛋。我就要说谎。我真的会这么做。我要一直说谎，说谎，说谎。你等着瞧吧。我很抱歉，警长，但我太害怕了，我怕得要死。

西蒙兹：（歇斯底里地）拜托，别这么歇斯底里。振作起来，伙计！

罗　斯：很抱歉，警长，我很害怕，怕得要死。

西蒙兹：可歇斯底里一点儿用也没有！

罗　斯：他们会把我们关起来，警长！他们会关我们一辈子！

西蒙兹：他们不会把我关起来！我跟这事儿一点儿关系也没有！

罗　斯：他们不会关我们一辈子，是吧，警长？我们是警察，他们不会像对普通人那样对我们，是不是？（回想起来）噢，天哪，他们会的！还记得那两个抢劫彩票销售点的家伙吗？我很抱歉，警长，但我就得说谎。说到底，你是负责人。

西蒙兹：（暴跳如雷地）我没让你打死他，罗斯，我没让你打死他！

罗　斯：我不是杀人犯。我当警察不是来杀人的。（突发奇想地）我们留一张自杀字条，然后用手枪打爆他的头，那样他们就看不到伤痕了。

西蒙兹：（叫喊）闭嘴，你这疯子！

（被打成重伤、流血不止的肯尼爬进了房间，没人发现他。他强撑着爬上了剩下的其中一把椅子，给自己点燃一根烟，深吸了一口。）

罗　斯：（狂喊）老天，如果你老婆一声不吭离开了你，你不会很郁闷吗？如果我们用手枪打爆他的头，我也不用撒谎是谁杀了他！

西蒙兹：求你闭嘴，镇定一下！说谎对你一点儿好处也没有。他们会发现你制服上的血迹和其他证据。你最好还是去自首。你要面对的最坏结果是过失杀人，还是在执行任务过程中造成的。我敢说你会因为缺少经验而被宽恕。是的，由于缺少经验导致失去控制。我会为你的缺少经验作证。他们或许不会再让你当警察了，但只要你办事高明，你可以以心理不稳定为由拿到全额退休金。他们不能停发你的退休金，小子，即使你有了别的工作。不适合当警察并不意味着你不适合干别的，他们……

罗　斯：（大喊）别胡说了！

西蒙兹：这不是胡说！在克利夫顿希尔有个小伙子……

罗　斯：那是个完全不一样的案子。

西蒙兹：几乎是一样的！

罗　斯：一点儿都不一样！

西蒙兹：其实是一样的！

罗　斯：别胡说了！

（停顿。罗斯和西蒙兹充满敌意地怒视着对方。肯尼从嘴里拿出香烟，吐了一口烟。他们看看四周，然后看着对方。）

肯　　尼：（艰难地说）你们两个蠢货以为把我干掉了是吗？

（罗斯如释重负。他跑到肯尼旁边，几乎亲吻了他。）

罗　　斯：谢天谢地！我以为你死掉了，伙计。天哪，看到你活着我太高兴了。妈的，我担不担心？一直都在担心啊。（表示歉意地）卡特，我不知道我在里面是怎么了。变得那么狂暴！实在找不出其他词儿来了，我一定是疯了。

（停顿。）

天啊，我真的很担心。我跟你说，你摸摸我的额头，全是汗。我刚才的感觉糟透了。

西蒙兹：你这蠢货，罗斯！

罗　　斯：（辩白地）你也认为他死了！你进去看了。

西蒙兹：你就是个蠢货，罗斯！

肯　　尼：给我找个该死的医生来！

罗　　斯：你有电话号码吗？

（肯尼摇摇头。）

肯　　尼：过两条街就有一个。

罗　　斯：怎么走？

（肯尼指了指路。罗斯正要走，西蒙兹制止了他。）

我要去找医生！

西蒙兹：等一下！

罗　　斯：（急切地）他必须得看医生！

西蒙兹：他没那么严重！

肯　尼：喂，公道些，给我找个医生来。

西蒙兹：你没事儿，就是有点儿淤青。

肯　尼：不只是淤青，伙计。我眼睛很难受。

罗　斯：眼睛吗？妈的，我希望不严重。妈的，抱歉，伙计。我们最好立即带你去看医生。

（他走到肯尼身边，检查他的眼睛。西蒙兹走过来，把罗斯推到一边。）

西蒙兹：哪只眼？

肯　尼：左眼。

西蒙兹：（看着左眼）用手盖住右眼。

（肯尼照做了。）

你能看到什么吗？

肯　尼：不能。

（西蒙兹朝肯尼挥了一拳，差点儿落在他的脸上。肯尼的手还盖着右眼，为了躲避这一拳身体后倾，差点儿从椅子上摔下来。）

西蒙兹：你骗不了我，卡特。

肯　尼：（辩白地）我能看到一点儿，但我眼睛很难受。我的眼球好像直接压在了头骨上。很难受！

西蒙兹：卡特，应该是轻微脑震荡。你觉得恶心吗？

肯　尼：太对了！

西蒙兹：没错。明天你的头可够你受的，不过不会比宿醉后的感觉更差。

肯　　尼：我的肚子也不舒服。

罗　　斯：（急切地）妈的，哪里？哪里疼？

肯　　尼：（指着肋部）这里。

罗　　斯：天哪，警长，我们最好带他去看医生。

肯　　尼：是啊，带我去看医生。

西 蒙 兹：我觉得你直接上床休息会更好，卡特。

肯　　尼：是啊，我就知道你这么说。你最不愿意的事就是我去看医生。好吧，我告诉你，如果不立刻给我找个医生，你们的后果会更严重，因为不管怎样我都会去看医生。放心吧，我会让医生开证明，列出你们这些笨蛋给我造成的每一处伤害。

西 蒙 兹：你有证人吗？

肯　　尼：我这伤是怎么来的？自己撞到该死的门上了吗？

西 蒙 兹：我就说，你去酒馆借酒浇愁去了，因为自怨自艾，然后到处乱窜。

肯　　尼：菲奥娜会为我作证。

西 蒙 兹：证明什么？证明我爱抚地轻轻拍了你几下。

肯　　尼：她知道我还会挨打。

西 蒙 兹：毫无疑问，卡特，你真是这世界上最后一个了不起的乐观派。你老婆连一句提醒都没给你，就起身离开了你，你还指望她站出来为你的几处瘀青作证。

肯　　尼：她会作证的。

西 蒙 兹：这样好了，卡特，我们来做一笔交易。如果我有半点儿像赌徒，我就不会跟你做交易了。相信我，胜算在我们手里，小子。你千万不要搞错了，因为要有非常多的伤痕才能使法官相信你这种混蛋的话，来惩罚两名警察。但我还是打算跟你做一笔交易。

肯　　尼：不感兴趣。

西 蒙 兹：相信我，卡特，如果我的性格里有一点点赌徒的影子，我现在立马就走。你想听我说说吗？

肯　　尼：不，滚你的蛋。我一早就去看医生。

西 蒙 兹：随便你。我本来打算给你点儿好处，很值得考虑的。

肯　　尼：是什么？

西 蒙 兹：如果你打算一早去看医生，那就没什么可谈的。

肯　　尼：不要跟我耍花招，条子。

西 蒙 兹：关键是，卡特，我能给你提供未来几个月你可能会需要的东西。

卡　　特：什么东西？

西 蒙 兹：伴侣。

肯　　尼：（怀疑地看着他）伴侣？

西 蒙 兹：（意识到他误会了）女伴。

肯　　尼：（仍然怀疑地）什么？

西 蒙 兹：女伴。

肯　　尼：你在开玩笑吧。我他妈的都快死了。

西 蒙 兹：先想想接下来的一两周吧，肯尼。你这么多年来都习惯有女伴的日子了。

肯　　尼：我自己能搞到女人，真是太谢谢你了。

西蒙兹：这只是为了帮你度过现在这段时间。

肯　尼：（停顿了一下）什么样的女人？

西蒙兹：嗯……呃……离警局一两条街有一群漂亮的年轻女孩，她们……呃……事实上她们是很高级的……呃……应召女郎……

肯　尼：（不屑地）妓女！

西蒙兹：（愤慨地）不，卡特，站街女和应召女郎的区别大多了。首先，你不会得病。跟她们在一起比跟你老婆在一起还安全得多。

肯　尼：得了吧。

西蒙兹：确实是这样。

肯　尼：什么？你能免费搞到她们吗？

西蒙兹：我赞成经营有方的卖淫行为，卡特，在那儿嫖女人总比强暴街上的小女孩强。

肯　尼：什么？你睁只眼闭只眼，然后得到免费服务，对吗？

西蒙兹：这些女孩很感激我，因为我实现了她们的社会价值。

肯　尼：你提出这样的条件，可见你一定很担心吧，条子。

西蒙兹：我不想把事情闹大，卡特，仅此而已。

肯　尼：（怨恨地）好吧，我跟你说，我不会让你们俩混蛋把我打成肉酱，然后就这么算了。你们等着苦日子吧。现在快滚。我明天就去看医生。

西蒙兹：你这笨蛋，卡特，体验过高级应召女郎吗？

肯　　尼：妓女有什么特别的？

西蒙兹：她们的技术可好了，卡特，技术真的好。

肯　　尼：滚，你让我恶心。

西蒙兹：我能理解你想报复我，卡特。我在女人面前才装成心狠手辣的警察，我能理解你想报复我。但事已至此，报复是笨蛋才干的事。到头来，你也没有什么可炫耀的。

肯　　尼：除了满足感。

西蒙兹：满足感不会给你带来女人，卡特。

肯　　尼：（停顿了一下）多久一次？

西蒙兹：嗯，我得去见见这些姑娘们，不过我想是一周两次。我想她们会做的。

肯　　尼：可以干多久？

西蒙兹：你想多久就干多久，只要不过分。

肯　　尼：如果菲奥娜回来了怎么办？

西蒙兹：抱歉，卡特，我不懂你的意思。

肯　　尼：那么，如果下周菲奥娜回来了怎么办？那时就有好戏看了。我就真的完蛋了，是吧？被打成肉酱，也没什么可炫耀的。

西蒙兹：你什么意思，卡特？

肯　　尼：通常是她们上门，还是你去找她们？

西蒙兹：她们上门来找你。

肯　　尼：好吧，可我想去她们那儿。那样的话，菲奥娜回不回来都不碍事。

西蒙兹：她们不喜欢在家接客，卡特。

肯　尼：可我想那样。

西蒙兹：你有点儿过分了，卡特。

肯　尼：嗯，那你想怎样？

西蒙兹：（停了一下）好吧，我来搞定。

肯　尼：从周五开始。

西蒙兹：周五你还没恢复好呢。

肯　尼：你就安排周五。区区一两个笨蛋条子根本不能把公麋一样强壮的肯尼·卡特怎么样。

西蒙兹：几分钟前还喊着要看医生的人，恢复得可真够快的。

肯　尼：你去搞定，是不是？

西蒙兹：是的，我来搞定。

肯　尼：我也不是大笨蛋。我一早就去找医生，开一份全面的检查报告。如果你有一点点食言的蛛丝马迹，到时候一切都会真相大白，一点儿细节也不落下。

西蒙兹：（严肃地）我一向说话算话，卡特。

肯　尼：（看着罗斯）你那伙计瞪着大眼干什么呢？（吃力地笑）弄不明白我怎么还活着？你得该死的非常强壮才能对付我，小子。（对西蒙兹）你那伙计瞪着眼干什么呢？

西蒙兹：（成功谈成艰难的交易之后感到放松）他这是学校毕业后头一天上班。是不是，罗斯？（对肯尼）还嫩着呢。

肯　　尼：坐下，罗斯。

（罗斯感到困惑，没有坐下。）

好吧，如果你不想坐下，那就干点儿有用的事儿吧。去厨房里拿瓶该死的啤酒过来。啤酒一定热得要命，但是都怪你们让她们把冰箱搬走了。

西蒙兹：去拿啤酒，罗斯。（高声地）去拿啤酒！

肯　　尼：（抽搐）别这么大声，你这混蛋。我的头还在嗡嗡响呢。

西蒙兹：对不起，哥们儿。

（罗斯走进厨房，拿了三罐啤酒回来。他递了一罐给西蒙兹，一罐给肯尼。肯尼接过啤酒，他看起来根本不适合喝酒。西蒙兹打开瓶盖，喝了一大口。）

啊哈，有点儿热，但是还行。（对肯尼）你觉得罗斯的潜力怎么样？

肯　　尼：哪方面？做拳击手？

（他为自己的笑话吃力地笑了几下，可他没有力气喝啤酒。）

西蒙兹：真有点儿担心他，不过应该没事儿。他的家庭出身很不错，他爸是做棺材的。

（他俩都笑了。）

肯　　尼：搞死人的吗？

（他俩都笑了。）

西蒙兹：不知他哪来的那么大脾气，应该沉着冷静才对。

肯　　尼：以前我们区足球预备队里也有个像他这样的家伙，打中卫和前锋。球打得挺好，就是太他妈的容易失控。我们都叫他疯狗。有一段时间，副队长不得不跟紧他，就是怕他发疯。他在场下像一只温顺的小绵羊，可发起飙来就要了命。我们三个人一起才能按住他。“冷静点儿，疯狗，没事儿！”就得像跟婴儿一样跟他说话。他脑子里一定进过什么东西，就像你这哥们儿一样。

西 蒙 兹：以前发过疯吗，罗斯？

罗　　斯：（对新的恶名沾沾自喜）一直是个急性子。

西 蒙 兹：以后你可得小心点儿，小子。今天差点儿被你害惨了。

罗　　斯：我跟你说，我这辈子都没这么害怕过。

西 蒙 兹：那么你怎么看待执法行为，罗斯？

肯　　尼：（笑）他对我们的交易有点儿怀疑。

西 蒙 兹：你有点儿怀疑吗，罗斯？

罗　　斯：（随口而出）没有。

（他喝了一大口啤酒。）

肯　　尼：他闷闷不乐，因为你没有为他准备点儿什么。

西 蒙 兹：你想要吗，罗斯？

（罗斯扭捏地耸耸肩。）

西 蒙 兹：（对肯尼说）他有点儿害怕他女朋友会发现。

肯　　尼：啊，他有固定对象了？

西 蒙 兹：哦，是的，我相信是个可爱的女孩。她叫啥来着，罗斯？

罗　斯：（害羞地）玛丽琳。

肯　尼：玛丽琳？我以前认识一个叫玛丽琳的，富茨克雷那片儿最带劲的姑娘。你俩上过床了没有？

（罗斯耸了耸肩。）

西蒙兹：是她不肯吗，罗斯？你要不要试试应召女郎啊？

（罗斯耸了耸肩，微笑，喝了一口酒。）

肯　尼：千万不要拒绝啊，罗斯小子！说不定明天出门就被电车轧过去了！

西蒙兹：我觉得我们让这小子难堪了。你是不是有什么疑惑，罗斯？

（罗斯摇摇头。）

有疑惑也不怨你。你第一天经历的够多了，是不是？今天你学到的关于法律和生活的东西，比你在学校一年学的都多。呃？

（罗斯耸了耸肩。）

今天你看见的才是真正的法律，罗斯。是人的愚蠢和欲望之间的妥协。这个世界就是人的世界，罗斯。记住这一点你就会成为一个好警察。

（罗斯看起来有点儿窘迫。）

肯　尼：他脑子里还想着那些妓女呢。

西蒙兹：我觉得你首先要做的，罗斯，就是了解你的弱点，然后正视它们。我认为我们能在早期发现你性格中的小弱点也挺好，因为这样我们就不会再让你处于失控的境地，至少在我们确定你自己把这个毛病克服之前不会。

（西蒙兹说话的时候，罗斯的眼睛转向了肯尼，然后他的眼睛惊呆了，因为他看见肯尼直挺挺地坐着，一脸惊恐，满眼痛苦。由于受伤，他刚刚经历了灾难性的脑子大出血。他的啤酒罐跌落在地板上。罗斯在他正要从椅子上摔下来时扶住了他，把他放倒在地板上。罗斯和西蒙兹都陷入了比先前更严重的恐慌中，更严重是因为他们刚才几乎失去警觉的宽慰被肯尼的死破坏了。接下来的情节中，罗斯变得歇斯底里，西蒙兹几乎处在歇斯底里的边缘。）

罗　斯：天啊，警长，他死了。这次是真的死了。能看出来，大哪！

西蒙兹：你说的没错，罗斯。他真的死了。我不喜欢他提到自己眼睛时的那种声音。眼后出现压力是不好的征兆，罗斯。我觉得我们可能惹上麻烦了。

罗　斯：那你为什么不带他去医院呢？既然你都知道，你为什么不带他去医院？

西蒙兹：他们救不了他的，罗斯。死得这么快的人是没有救的。你一定是打得太重了。他死了，罗斯。毫无疑问，他死了！

罗　斯：我知道他死了！你看那混蛋的眼睛！他被吓死了！看他那双该死的眼睛！我们刚才应该带他去医院，

警长！

西蒙兹：（辩白地）他们对他什么也做不了。我现在就可以告诉你，什么都做不了！对死得这么快的人什么都做不了！他可能前一秒还很好，下一秒就挂了！罗斯，如果他的情况已经很糟糕，那么带他去医院也无济于事！把一具尸体送进急诊室？我还没疯呢，罗斯。我不是铁石心肠，但是我也不傻，把这两点区分开来很重要。

罗　斯：咱们去弄支枪来吧，使他看起来像是自杀。把他的头打穿，向他那该死的眼睛再来一枪。

西蒙兹：拜托，罗斯，别提那事儿了。恐怕你得面对后果，你得面对后果。

罗　斯：你一定得帮我，警长！我不是杀手！我当警察不是杀人的。

（罗斯乞求着，抓住西蒙兹的衣领。）

拜托，警长！你一定得帮我！

西蒙兹：（退身）我不会帮助任何人的。这是你干的！

罗　斯：（乞求着，歇斯底里地）你也有份儿，警长！你也有份儿！是你让他死的！

西蒙兹：（大吼）他怎么样都会死的！

罗　斯：（走向西蒙兹，乞求着）你也有份儿！你必须得帮我！

西蒙兹：（同样歇斯底里地）这事儿跟我一点儿关系也没有！

（他用力把罗斯推开。）

这事儿跟我一点儿关系也没有！

（罗斯站在那儿，一时间被西蒙兹的暴力吓蒙了。突然他冲向西蒙兹，打他。）

罗　斯：（歇斯底里地）对不起，警长，你也有份儿！

西蒙兹：你个疯子！该死的你在干什么？

罗　斯：（又打他）如果我们都鼻青脸肿，那看起来就像是肯尼发过疯了！

西蒙兹：（试图逃走）你个混蛋，罗斯！你这个懦弱的混蛋！我会在报告里重重地告你一状！记住我的话！

罗　斯：（发疯般地）还手啊，警长！打我！那样我们就能不被惩罚了！肯尼发疯了，然后把我们俩打得遍体鳞伤！打我能够受伤的地方！打呀，警长！你知道怎么弄伤别人，打呀！

（罗斯靠近西蒙兹，猛烈地打他。西蒙兹回击他。当幕布合上的时候，两人打斗的疯狂程度几乎赶得上一场驱魔仪式了。）

◆ **剧　终**

小职员

[澳大利亚] 亚历山大·布佐 著 王家湘 译

人 物

托　　莫：四十五岁，高级职员

罗　　博：六十岁，职员

吉　　博：三十一岁，职员

普雷斯托：三十五岁，职员

杰　　柯：二十一岁，小职员

亨　　多：二十五岁，小头目

维托利奥：二十岁，小职员

桑 德 拉：二十九岁，女，打字员

帕　　米：十七岁，女，满头红发，杂务人员

本剧时间跨度为一年

第一场：一月份的一天

第二场：二月份的一天

第三场：三月份的一天

第四场：四月份的一天

第五场：五月份的一天

第六场：六月份的一天

第七场：七月份的一个晚上

第八场：八月份的一天

第九场：九月份的一天

第十场：十月份的一天

第十一场：十一月份的一天

第十二场：十二月份的一天

致梅瑞林

第一场

一间办公室，七张办公桌。舞台前部是托莫的办公桌，两侧各三张桌子，直摆到墙脚。右侧从前到后为罗博、吉博和普雷斯托的桌子。左侧从前到后为桑德拉、维托利奥和杰柯的桌子。两侧的墙上各有一扇窗子和一条门道。右窗外是大街，左窗外是一个四方院子。后墙正中有一扇门，门的一侧墙上挂着英国女王和她丈夫的画像，另一侧墙上是一本瑞士大挂历。挂历上的月份名称印得很醒目，观众也能看得清。一个月一页，每页上都印着大幅彩色瑞士风光照片，随季节不同，景色也各异，一月份是冬景，八月份是夏景，如此等等。每场幕启时挂历都翻到与该场相应的月份。门道旁有一台冰水机，舞台后部有一台计算机。所有家具全是新式的。

一月份的某天，星期一，上午九时。灯亮时，托莫正坐在办公桌前看几份报告。罗博上。

罗　　博：早上好，托莫。

托　　莫：早上好，罗博。

（罗博挂好外衣，坐下读一份报告。吉博上。）

吉　　博：早上好，托莫。

托　　莫：早上好，吉博。

（吉博挂好外衣，坐下读一份报告。普雷斯托上。）

普雷斯托：早上好，托莫。

托　　莫：早上好，普雷斯托。

（普雷斯托挂好外衣，坐下读一份报告。杰柯上。）

杰　　柯：早上好，托莫。

托　　莫：早上好，杰柯。

（杰柯挂好外衣，坐下读一份报告。亨多上。他穿过办公室，从后门下。）

吉　　博：亨多今天来得早。

杰　　柯：我不明白他干吗还总要按时上班。我要是后屋里的一个小官，不到中午你们就别想看见我来。我会去游泳，要不就开上我的高级美洲虎牌轿车兜兜风，再不就带着个裸体姑娘乘游艇玩去。

吉　　博：这说明你什么也不懂。后屋里的小官们比咱们谁都卖力气，伙计，他们白天黑夜地干。

杰　　柯：胡扯，我看当后屋的小官再轻松不过了，你瞧瞧亨多，什么都给他搞现成了，再瞧瞧咱们，大热天还得在这儿汗流浃背地干，可他想干什么就可以干什么。他可以坐飞机去瑞士滑滑雪，在法国的夏蒙尼喝意大利著名的金巴利开胃酒，多惬意！你看看挂历上的那相片，后屋的小官们就是到那种地方去消闲自在的。

罗　　博：（*看着挂历*）上帝啊，今天要让我到那山上去我不会有意见的。

杰　　柯：咱们可以在阿尔卑斯山玛特霍恩峰下的旅馆阳台上喝上一杯杜布纳。

罗　　博：一杯什么？

托　　莫：好了，诸位，干活吧，嗯？

杰　　柯：好吧，托莫，好吧。今天早上你倒有点儿积极了，是吗？

托　　莫：这不有活等着嘛。

杰　　柯：好吧，干吧。

（*他们默默地干活，托莫站起身来。*）

托　　莫：我得去找趟巴里·安德森。有要交给他的报告吗，罗博？

罗　　博：没有，这会儿没有，托莫。

（托莫自台左下，其余人继续工作。）

罗　　博：杰柯，周末过得好吗？

杰　　柯：啊，还不错。

罗　　博：干什么了？

杰　　柯：去科拉罗依参加了一个晚会，一个姑娘过二十一岁生日，去了不少人呢……

（这时维托利奥怯生生地上。他犹犹豫豫地走到托莫桌前站住。好像谁都没注意他，谈话继续进行着。）

有韦恩·弗莱茨、加里·麦克劳德、杰弗·普赖尔、克雷格·希斯科克、伊恩·罗杰斯、唐尼·迪克逊，不对，我说错了，唐尼把车撞烂了，只好缺席。他以每小时八十公里的速度拐一个急弯，把自己砸伤在挡泥板上。估计问题不大，不过他老爸不得不再给他掏一笔钱了。

罗　　博：我希望有他的这份运气。

杰　　柯：你猜我碰上谁了？

罗　　博：谁？

杰　　柯：达里尔·福斯特。你记得他吗？他是原来在艾伦·怀特手下工作过的格雷厄姆·查普曼的朋友。

罗　　博：记不大起来了。

杰　　柯：你记得他的，我们那时常和格雷厄姆到吉姆·巴克利的酒吧去吃午餐并喝上两杯，达里尔总是在酒吧那幅裸体女人大画像下喝啤酒。

罗　　博：是挂在门上方的那幅长沙发上的那个女人的画像？

杰　　柯：不是，是洗手间旁边躺在床上的那幅。难道你不记得那东西有多么可恶吗？你进门的时候自己一下子就会胀大，二十分钟才能尿完。

罗　　博：啊，不错，我想起来了。她身材挺好的，是吧？

普雷斯托：金的。

（冷场，两人看着普雷斯托。）

罗　　博：什么“金的”？你这是什么意思？

普雷斯托：那幅画有个金框子。

（冷场。）

杰　　柯：感谢你主动提供了这有意思的信息，普雷斯托。

罗　　博：好样的，普雷斯托。

杰　　柯：我说罗博，你周末干什么了？

罗　　博：没干什么，星期六打滚木球，星期日和欧文·佩特斯打了一场高尔夫球，又和亚索尔·威尔逊到高尔夫球俱乐部喝了几杯。你记得欧文·佩特斯吧？曾经和基斯·菲利斯一起在吉姆·巴克利那里，在那幅小的裸女画下喝酒，还有布莱恩·刘易斯。

杰　　柯：啊，我想起来了。这人爱在他的苏格兰威士忌里面掺点儿法国廊酒。

罗　　博：就是他。真正的品赏家。你记得他的，是吧，吉博？

吉　　博：那还能不记得！

罗　　博：还记得那个晚上和杰柯、欧文·佩特斯一起，那时我们喝醉了，在圣玛丽教堂后面快活来着。

杰　　柯：加里·库珀和男的搞了一通。

吉　　博：那可是开心的一晚！

杰　　柯：那是普雷斯托的生日，对吧？他得到了黛安的一个吻，这个滑头鬼。

罗　　博：后来他冲到厕所去自慰了一番。

吉　　博：他是这么说的。

杰　　柯：你自己快速解决了，是吧，普雷斯托？

吉　　博：真是够劲的一晚！

罗　　博：还记得添万利力娇酒吗？

（众人大笑。）

杰　　柯：星期六的滚木球谁赢了？

罗　　博：锦标赛单打冠军是戴维斯，亚军是汤森德。双打华莱士和麦克唐纳德击败了汉密尔顿和辛普森，得了冠军。

杰　　柯：我敢打赌，后来你就泡在啤酒里了。

罗　　博：对，山里的几个老朋友来了，一起喝啤酒，聊天。四十年的朋友了。我们在一起开发内地来着，有奥法雷尔、奥迪亚、奥伯莱恩和科恩。你们记得奥迪亚的，是吧？

杰　　柯：他不就是从布罗肯希尔来的那位老先生吗？来参加去年的唐卡斯特的赛马活动。

吉　　博：白头发的那个。

罗　　博：就是他。

杰　　柯：是，白头发，是的。

罗　　博：他像柚木一样硬实，老奥迪亚，像柚木一样硬实。六十岁生日那天揍了个警察。他确实是个有趣的老东西。他戴着我的一顶旧丛林帽走进了保龄球俱乐部。这帽子还是早在1937年的时候我落在布罗肯希尔的一家酒吧里的，老奥迪亚星期六还给了我。想看看吗?

吉　　博：给咱们瞧瞧，罗博。

（罗博把手伸进提包，拿出了一顶破旧的、帽边耷拉着、软木珠垂挂在帽檐下面的旧帽子，戴在了头上。）

罗　　博：怎么样，呃?

（杰柯和吉博大笑，喝彩。）

吉　　博：美啊，罗博，傻老帽。

杰　　柯：罗博，你戴着好看，你是个丛林人里的丛林人。

（托莫快步上。）

托　　莫：巴里·安德森今天忙坏了。

（他看见神色茫然的维托利奥。）

啊，先生，有什么事吗?

维托利奥：噢，把我分配到你这个单位了。

托　　莫：啊，你准是新来的小科员了。好吧，叫什么名字?

维托利奥：维托利奥·盖斯科尼。

托　　莫：什么?

维托利奥：维托利奥·盖斯科尼。

托　　莫：玛卡洛尼？叫通心粉[①]？

维托利奥：叫盖斯科尼。

（托莫望着他。）

托　　莫：你肯定？

维托利奥：当然肯定。

托　　莫：不过这可不是个正儿八经的姓，对不？我是说，你是哪儿人？

维托利奥：我是本地人，我的祖父母是从撒丁来的。

托　　莫：撒丁？那是个什么地方？

维托利奥：是地中海里的一个岛。

托　　莫：从来没有听说过。

维托利奥：噢。

托　　莫：好啦，我只能说给人起这么个名字够怪的。你最好在这儿写下来。

（托莫给维托利奥一支笔和一张纸，维托利奥写下自己的名字。）

好啦，维特，咱们这部门归巴里·安德森管，他直接听命于后屋的头头们，所以你最好去见见他，把情况了解一下。出那个门左手第一间，明白吗？

维托利奥：明白了。

托　　莫：（伸出手）维特，欢迎你来我们这儿。

维托利奥：（握手）谢谢。

---

① 译者注：盖斯科尼为意大利人姓氏，托莫对此不熟悉，听其音很像通心粉的读音，故有此问。

（托莫把胳膊搭在维托利奥肩上，向门口走去。）

托　　莫：好，你去见巴里·安德森，他会向你交代清楚的。这儿有一帮很不错的人，你会干好的，维特。

（维托利奥由左门下，托莫走回桌前，大家默默工作。）

（站起身）我得亲自去见巴里·安德森，罗博，有要交给他的报告吗？

罗　　博：还没有，我正在办呢。

托　　莫：行，那就快干吧。

（托莫自左门下，其余的人继续工作。）

罗　　博：你有要交给巴里·安德森的报告吗，吉博？

吉　　博：没有，我在给艾伦·怀特干活呢。

罗　　博：艾伦·怀特？干吗给他干？

吉　　博：他手下有几个人病了，工作拖下来了，所以我想帮他一下。

罗　　博：你怎么样，普雷斯托？

普雷斯托：我很好，罗博，你自己怎样？

罗　　博：笨蛋，我是问你在搞谁的报告？

吉　　博：他也在给艾伦·怀特搞。

罗　　博：你呢，杰柯？

杰　　柯：我也在给艾伦·怀特帮忙。

罗　　博：老天爷，难怪我落下这么多，听着，巴里·安德森要得很急，你们把我这儿的拿点儿去干起来。

（他边说边挨个儿走到他们桌前，把公文递给他们。）

我不明白为什么艾伦·怀特让这儿的每个人都给他干活，这里的事都堆在我这儿。

吉　　博：这些是那类新报告吗，罗博？

罗　　博：是的，是新玩意儿。它们是哪一类的？

（他翻找着公文。桑德拉自右门上，犹豫地走到托莫桌前，怯生生地站在那儿。好像谁都没注意到她，继续谈话。）

吉　　博：是C–11类吗？

杰　　柯：是G–63类？

（罗博找到了他要的公文，摇头。）

罗　　博：是A–14类。

吉　　博：（点头）A–14类。

杰　　柯：（嘲笑地对吉博）C–11！

吉　　博：（嘲笑地对杰柯）G–63！

罗　　博：（劝解地）是A–14。

杰　　柯：（耸肩）A–14。

（罗博把公文交给他们。）

罗　　博：好，复核索引中的登记栏，看是不是和到此处为止收到报告的日期数一致，明白吗？然后把这卷宗卡别在封面上，再把索引、登记日期、代码、分类及每年应付的不带饼干的早茶账都抄在这些方格里。

（吉博拿过一些公文，迅速在桌上按类分开。）

吉　　博：好，我来搞索引登记，把分类账交给杰柯，把卷宗卡给普雷斯托去搞按代码编的索引号。

罗　　博：行，那就是说我来核对第一栏中收到的报告的数目，打上钩交给你，你核对索引登记……

杰　　柯：我把分类账盖章、注明日期后交给你，然后和你的数字对起来，打上钩，就可以给普雷斯托了。

（他们来回奔跑，翻动公文，以极快的速度整理着。）

罗　　博：好，现在把每一份报告按字母顺序分成三堆，咱们的流水作业就可以开始了。

（罗博说话时其余的人把大堆公文收集起来。）

要是哪儿堆积起来了，就把来不及弄的公文给普雷斯托，这样就可以把最后三格以前的都登完，然后把这些放在一堆，我们再轮流唱出最后的……

吉　　博：字母H到K的索引代码归到20511。

罗　　博：……最后的三项，在卷宗卡上每一个数字都有一个格……

普雷斯托：我这儿什么公文也没有。

杰　　柯：那是因为你搞的是卷宗卡上的方格里的数字。在每一份索引登记过你手时，你把卡片从上面取下来……

吉　　博：再把过手的卡片上我们核对的方格中的数字加在一起……

罗　　博：字母T到Z归到303577。

杰　　柯：因此你得等到第一份公文经过这三个步骤到你手

里后，再把在那玩意儿上面印着的方格里的数加起来……

吉　　博：字母A到F归到902334。

普雷斯托：好，那我就等着第一份。

杰　　柯：可是字母M到T归到哪儿？

罗　　博：6630351。

（各自走到自己办公桌旁，发狂地盖章、打钩、抄写等，把公文递来递去。普雷斯托拨电话号码。）

杰　　柯：M6630351，N6630352，O6630353。

罗　　博：T303577，U303578，V303579。

吉　　博：A902334，B902335，C902336。

普雷斯托：（打电话）喂，杜尔西，你好吗？很好，你找到那些黑莓了吗？我把它们放在冰箱的铁罐子里了，在冷口条肉边上。对，我刚想起来，昨天晚上电视上播广告的时候我从汽车里拿进屋的。好，喔，我明白了。好吧，烤两个果子馅饼，不过把没熟的黑莓放在给参加家长和市民会的人吃的那个饼里，熟的放在咱们自己吃的饼里。他们当然不会吃出来的，反正你可以对他们说这是法式馅饼。

（此时，由于其他人在流水作业线上发狂似的干着，公文在普雷斯托的桌子上堆了起来。）

他们当然不会吃得出有什么不一样，反正在他们吃了希斯柯克老太婆的奶冻甜食以后，他们会倒胃口倒得别的什么都顾不上了。好的，行。（记录下）

半瓶奶油，一瓶罗塞拉牌的番茄汁，一罐汤姆·派普牌的肉糜罐头，一瓶伍斯特郡浇汁，两磅猪油，一罐亨氏烤豆子，一瓶佩克的鱼酱，一瓶调制饮料 ……啊，我明白了，今晚咱们吃奶油蘑菇里脊丝。当然，这是我最爱吃的菜。

（罗博起身走到普雷斯托桌旁。其余的人已经干完，普雷斯托桌上的公文堆得高高的，吉博和杰柯走过来。）

啊，罗博来了，杜尔西，他大概想和你说话。

（普雷斯托把电话给罗博，罗博挂上电话。）

罗　　博：我说，普雷斯托，事情该怎么样就怎么样，我也不是那种自以为了不起，或认为自己比同事们高一等，或把自己放在这样一种地位，随时会去挑剔别人什么时候干了对不起同事的事的人，或者……

（托莫急上。）

托　　莫：巴里·安德森嚷嚷着要那些报告呢。

（桑德拉见他神色茫然。）

我想我不曾有幸见过你。

桑 德 拉：把我分配到这个单位了。

托　　莫：啊，你准是新来的打字员了。

桑 德 拉：是的。

托　　莫：你叫什么名字？

桑 德 拉：桑德拉·格斯塔德。

托　　莫：什么？

桑 德 拉：桑德拉·格斯塔德。

托　　莫：你是说叫山德拉。

桑 德 拉：不，桑德拉，桑—德—拉，桑德拉。

托　　莫：好吧，不过这有点儿愚蠢，对吧？干吗他们不叫你山德拉？给，把名字写下来。

（她在一张纸上写下名字，托莫看了看，摇摇头低声咕哝了一句。）

好吧，这是巴里·安德森管的部门里的一个组，巴里直接归后屋的头头管，所以你最好去见见他，他会安排你的。出那个门左手第一间。

桑 德 拉：谢谢你。

（下。）

托　　莫：瞧现在他们给派来的人！好啦，那些报告怎么样了，误了事责任在谁？

（停顿。罗博清了清嗓子。）

罗　　博：我绝不会干告发同事的卑鄙勾当，不过，在目前的情况下，在充分考虑到特殊因素……

托　　莫：普雷斯托！

普雷斯托：什么事，托莫？

托　　莫：你桌子上那一大堆是什么东西？

普雷斯托：（欢快地）啊，是给巴里·安德森的报告。

（亨多抱着一扎公文自后门上。止步观看。）

托　　莫：这么说误事的责任在你了。

普雷斯托：不错，是的。

托　　莫：啊，亨多，你好。

（全体尴尬地望着亨多，亨多走到托莫桌前，放下公文，走到普雷斯托面前，冷冷地望着他，从口袋里拿出笔和笔记本记下了些什么，又看了看普雷斯托，啪地合上笔记本，由后门下。）

托　　莫：瞧瞧你干了些什么！后屋的小官们要剋你了。

普雷斯托：对不起，托莫。

托　　莫：好了，伙计们，这是给你们的警告。巴里·安德森听艾伦·怀特说，后屋小官们想要精简这个部门，这意味着有些人要倒霉了，好好干吧。

（一片"是的，托莫"之声，各自回到桌旁，开始工作。桑德拉和维托利奥自左门上。）

托　　莫：啊，都安排好了？好，现在来见见同事们吧。诸位，咱们办公室添了两位新人，我希望你们不要让他们感到拘束。这位是（看了看纸）桑德拉·格斯塔德，这位是（停，然后迅速地）维托利奥·烹调法[①]。

（众人纷纷说"早上好"，维托利奥点头，桑德拉微笑，罗博站起身来。）

罗　　博：作为前屋所有职员的代表，我感到有责任致几句欢迎辞，这里面包含着我们大家在这一喜庆的场合下的感情，我还要说的是……

① 译者注：托莫记错了，把姓盖斯科尼说成是盖斯特洛诺米，意为烹调法，为保留滑稽效果，取意译。

托　　莫：行了，罗博，给大伙儿个机会。这位是杰柯。

杰　　柯：早上好。

托　　莫：这是普雷斯托。

普雷斯托：早上好。

托　　莫：这是吉博。

吉　　博：早上好。

托　　莫：这是罗博。

罗　　博：很高兴能认识你们。

托　　莫：桑德拉，这是你的桌子，紧挨着我。

罗　　博：你要小心着他点儿，桑德拉，这人挺能追女人的。

托　　莫：啊，上帝。

桑 德 拉：（微笑）谢谢你的忠告，罗博。

托　　莫：这张是，（看纸）维托利奥，你的桌子。

维托利奥：谢谢。

罗　　博：伙计，你那张桌子不吉利。

维托利奥：你这是什么意思？

罗　　博：先前在这张桌子上办公的那人，有一天吃午饭的时候从窗户跳出去自杀了。他是个大学毕业生，溅得人行道上都是血，真可怕。

吉　　博：我记得那天。他是在墨尔本杯赛马开始前一小时跳出去的。

杰　　柯：行了，用不着告诉他这些。你们想干吗？想吓唬这可怜的家伙吗？反正要是从窗户跳出去，你至少还可以逃离这个地方。

托　　莫：行了，回到工作上来吧，这也包括你，杰柯，你整天老是瞎想和抱怨。

杰　　柯：行了，托莫，别发火。

托　　莫：巴里·安德森已经发过一次脾气了，所以咱们要让他高兴点儿，好吗？

（众人工作，桑德拉和维托利奥收拾办公桌。亨多自后门上，在托莫桌上放下一些公文。下。）

托　　莫：（心不在焉地）谢谢你，亨多。

（众人工作，杰柯走到挂历前，凝视挂历。灯光转暗，熄灭。）

第二场

二月份的一个上午，挂历上是阿尔卑斯山脉白雪覆盖的玛特霍恩山。灯亮，罗博、托莫及维托利奥坐在桌前工作，杰柯凝视着右窗外，吉博、普雷斯托和桑德拉围在冰水机旁。天气极热。

杰　　柯：嗨，今天真热，闷死人了。

（停顿。）

准得快一百度了。

（停顿。）

你还以为后屋小官们会给我们个电扇吧。

（他走过去看挂历。）

罗　　博：我记得许多年以前，像今天一样的一天，热得要命，我和唐·布莱德曼在鲍勒尔打板球，他得了个零分。后来他又回来打，伤了腿。他转身看了看断腿，抬起头说："我运气太好啦，罗博，运气太好啦。"

杰　　柯：你知道像今天这么热的天，我愿意上哪儿去待着吗？瑞士！你瞧瞧这相片，玛特霍恩峰！真想在雪地上打打滚，然后在山旁喝杯加冰的马提尼酒。

（停顿。）

老天，真他妈热。

（亨多抱一扎公文自后门大步上，把公文放在托莫桌上，下。）

托　　莫：（心不在焉地）谢谢，亨多。

（懒懒地看了一眼文件，然后笔直坐起。）

老天爷，这些报告十二点半就得交上去，现在已经十二点二十五分了！嗨，我说诸位，干吧。

（托莫发狂似的奔来奔去，边说边分文件。众人立刻集中注意力，开始打钩、盖章、签字、在机器上加数、在计算机上干活等。）

现在我要你们对每页下面所有的表格进行检查、复查、核对，然后在下面签上字，把最后数字写到预算数字旁边的格子里，记下预算和最后数字的不符之处，把这些和任何相关的反常的地方用加或减号标在格子前面。如果预算是去年十月份以前做的，就用蓝墨水笔把差数写在下面的格子里；如果是去年十月份以后做的，就用红墨水笔写；如果是艾伦·怀特和巴里·安德森把那十八加仑的一小桶酒喝光了以后，又把他的本田汽车开下了粉猫酒店的台阶后的第二天早晨做的，就用绿墨水笔写。有问题吗？

罗　　博：没有，我觉得挺清楚的。

（在托莫踱来踱去时，众人忙乱地又干了一分钟。）

托　　莫：后屋的长官们要在十二点半开委员会，要是亨多不能让他们看清楚预算波动的情况，咱们就要倒霉了，所以快干吧。

罗　　博：干完了，托莫。

托　　莫：好样的。

（罗博拿着公文跑到托莫桌前放下，然后吉博、杰柯、维托利奥、桑德拉依次过来。）

干得好……好样的，维托利奥……就得这样……表现不错……快点儿，普雷斯托，赶快。

（托莫站在普雷斯托桌旁，普雷斯托结束工作，把公文交给托莫。）

普雷斯托：给你，托莫。

托　　莫：谢谢，伙计，好，现在——，哎哟！

（托莫扔下公文往后一跳，众人上前。）

罗　　博：怎么啦，托莫？

托　　莫：我让个大蝎子蜇了！快，找个大夫来。

（吉博开始往外冲，但普雷斯托大笑起来，跪到地上，举起拴着一根绳子的橡皮玩具蜘蛛。）

普雷斯托：哈，原来在这儿！我上星期给小格伦尼买的，还当是把它丢了呢！

（众人叹气，低语，各回自己桌前。）

托　　莫：老天！

普雷斯托：我本想回家时让他小小地惊奇一下。当然，他现在正是成天要动物、动物、动物的阶段，杜尔西说折腾得她老了十岁，这些老鼠呀，青蛙呀，蜘蛛呀，蚂蚱呀，知了呀，甲虫呀，金鱼呀，蜻蜓呀，蝗虫呀……

托　　莫：普雷斯托！

普雷斯托：什么事，托莫？

托　　莫：算了，接着干活吧。

普雷斯托：是，托莫，谢谢你找到了我的蜘蛛。

托　　莫：别客气。

（托莫拾起公文，亨多上。）

啊，给你，亨多，签好字，盖了章，一分不差准时上交。正赶趟吧，嗯？

（亨多从托莫手中接过公文，下。）

这把年纪的亨多，希望他在会上受到欢迎，对吧，伙计们？

（众人一面工作，一面敷衍地低声说着同意。

静场。）

罗　　博：天哪，真热，杰柯，我不介意到你刚才说的那座山上去。

杰　　柯：那还用说。

罗　　博：那一片冰冷的白雪，不错吧？

吉　　博：老天，这么热的天，我也不介意上那儿去。

杰　　柯：我记得去年一个晴朗的秋天，我请了一天病假，和我的女朋友开着福特车穿过艾奇崖，开着收音机，吹着小风，到营地湾去，我还……

托　　莫：行了，伙计们，别再做白日梦了。还有，杰柯，你要是以为我对你的这些病假老是睁一只眼闭一只眼，你就大错特错了。

杰　　柯：我明白，托莫，我以后不这么做了，保证。

托　　莫：也少自作聪明。

罗　　博：那座山看着真漂亮。

托　　莫：嗨，我说，我要是中了彩票，就请你们大伙儿在二月份热浪高峰时去那儿，你们都可以在雪地里打滚。

普雷斯托：谢谢，托莫，不过每年的那个时候我不能扔下杜尔西，因为两个孩子开学了，杜尔西得开着丰田车送他们去学校，这就是说，她得早起……

托　　莫：没关系，普雷斯托，你可以留下，老兄。我们从阿尔卑斯山给你寄张明信片来。

普雷斯托：谢谢你，托莫，你够朋友。你不高人一等，对不，罗博？

罗　　博：那没错，普雷斯托，他是个好人，对别人公道，别人也公道对待那些他们知道对人总是公道的人。

托　　莫：谢谢你，罗博，你这称赞很感动人。

罗　　博：没什么，托莫。我还想说，你是那种可以一起喝上杯啤酒的人，我是说，你不像有些和你在类似地位的人那样势利，不像那些傲慢、做作、自高自大、厚颜无耻的势利眼，带着装模作样的高级口音，不屑于和人家一起喝杯啤酒。我受不了这种上等人物，可你不像……

（此时，维托利奥起身走到后墙，撕下了菲利普亲王殿下的画像。其余的人回头看着他，一片死寂。维托利奥走到左窗，将画像从窗户扔了出去。众人大惊。）

罗　　博：嘿，这可够妙的！

吉　　博：我这辈子还从来没见过这样胆大妄为的事。

普雷斯托：我的脚麻了。

托　　莫：嗨，维托利奥，我是个通情达理的人，对发生了的一切事情总是愿意找一个合乎逻辑的解释，不过我得承认这回我可有点儿……得，我不说震惊，因为这个字眼太重了，不过我得承认，你今天把菲利普亲王殿下的画像扔出窗外的举动，使我觉得有点儿迷惑不解。

（众人看着维托利奥。）

维托利奥：我同意罗博说的，我不喜欢那些做作、傲慢、厚颜无耻的势利眼，满嘴高级口音，所以我就把废物爵爷给扔出了窗外。说来说去，他是这帮人里最傲慢的一个了，不是吗？

罗　　博：这可有点儿近乎下流了。

吉　　博：这可有点儿不一般了。

普雷斯托：脚麻得要命。

托　　莫：哎，维托利奥，我和你单独谈一谈，行吗？

（托莫把胳膊搭在维托利奥肩上，一起向屋子后面走去，专注地谈着。）

罗　　博：你这辈子见过这种事吗？

吉　　博：我看都是因为他们吃通心粉的缘故，老吃就把人逼疯了。

杰　　柯：行了，吉博，通心粉没什么不好的，加上奶油味道才棒呢。

罗　　博：我看他那拉丁人的暴躁脾性使他忘乎所以了。

普雷斯托：（悲哀地）女王独自在墙上，看着真够孤单的。不知道要是我……去世了，杜尔西会怎么样，她肯定会伤心而死。

（亨多大步自台左上，殿下的画像如轮状皱领一样包着他的脖子，因为他正穿过下面的院子时画像落到了他头上。他怒视四周。停顿。）

罗　　博：不是我，亨多，你别瞧着我。

吉　　博：是那边那个通心粉家伙，是他干的，我看见他干的！

杰　　柯：行了，吉博，告自己伙伴的状，这可有点儿无礼。

吉　　博：他不是我们的伙伴，他是个头发上擦着橄榄油的该死的通心粉家伙。

杰　　柯：听着，你这家伙，你要是不闭嘴，看我不过去打得你爬不起来。

托　　莫：好啦，够了。亨多，我对这整个不幸的事件深表遗憾。确实，小维托利奥没有对亲王表示应有的尊敬，犯了个大错误，不过他已经意识到自己的行为错了，正在懊悔呢。

（亨多冷冷地看着维托利奥，拿出笔记本记下了些什么，啪地合上本子，自后门下。停顿。）

托　　莫：好了，大伙儿回去干活吧，把耽误的时间补上。

（众人各回办公桌，安静工作。）

（对维托利奥）你听我的话，维特，就不会再犯这样的错误。

维托利奥：好的，托莫。

托　　莫：你得学会这里面的规矩，伙计。

（众人默默工作。）

杰　　柯：咳，真是个苦差事！

托　　莫：继续干你的活，杰柯！

杰　　柯：啊，老天，这儿要你像奴隶一样干活。

罗　　博：干活？你根本不知道这个词的意思。你们这帮圆滑的城里人，一辈子没有干过一天的苦活。看看我，我参加过边远地区的开拓工作，伙计，你们还是小屁孩的时候，我就远在伯克那边了。那是多么棒的生活啊！我和我老爸，六点起床，拿上斧头到树林里去。我们总是在早餐前出去捉上几只野狗，就为了锻炼锻炼。伙计，我们参与开发了一个粗犷的大陆。你们的妈妈还在摇篮里的时候，我们就是拓荒者了。我凭自己的力量开拓了北领地，“金伯利的罗博”，人们是这样称呼我的。而你们和我谈干活，简直是笑话！

（帕米轻快走进。身穿刺眼的橘黄色超短连衣裙。）

帕　米：各位，早上好。

（众人直挺挺坐起，贪婪地看着帕米。）

托　莫：早上好，帕米。

（众人齐声说：“早上好，帕米。”吉博流里流气地吹了声口哨。）

帕　米：这儿有份单子，托莫。

（递给托莫一张纸，站在他桌旁等他读完。）

罗　博：嗨，帕米！

帕　米：干吗？

罗　博：亲咱一下。

帕　米：去你的，你嘴里有假牙。

吉　博：嗨，帕米！

帕　米：干吗？

吉　博：我喜欢你这短裙子。

帕　　米：收起你这一套，老坏蛋。

普雷斯托：嗨，帕米！

帕　　米：干吗？

普雷斯托：你好。

托　　莫：给你，帕米，传吧。

（把纸交给帕米。）

帕　　米：谢谢，托莫。好啦，各位，这又是一次集体凑份子，所以把钱准备好。（念单子）巴里·安德森的生日，黛安和伊恩·罗杰斯订婚，韦恩·弗莱茨结婚，达里尔·福斯特妈妈的葬礼，雷琳生孩子，唐尼·迪克逊换新变速箱。

吉　　博：他那旧的怎么了？

帕　　米：在赛车时掉到了路上，他撞车了。

罗　　博：可怜的唐尼。

托　　莫：好了，大家掏钱吧。

杰　　柯：啊，老天，又一次袭击钱包。我说，每个星期工资袋里多来上几块钱我倒没意见。

帕　　米：那你别跟我说，跟后屋的头儿们说去。

托　　莫：这事儿说够了，杰柯，咱们以前就说清楚了。我也愿意多几块钱，咱们全都愿意多来几块钱，可就是办不到。

杰　　柯：为什么办不到？

托　　莫：那会破坏经济，不是吗，普雷斯托？你就知足吧。

杰　　柯：好吧，问一个愚蠢的问题……

帕　　米：行了，快出钱吧。

（帕米在桌子间走来走去，把装钱的箱子摇得直响，众人将钱放入箱中。帕米边走边像唱歌似的自言自语。）

快点儿……给钱吧……巴里·安德森的生日……谢谢……黛安和伊恩·罗杰斯订婚……谢谢……韦恩·弗莱茨结婚……谢谢，达里尔·福斯特妈妈的葬礼……谢谢……雷琳生孩子……谢谢……唐尼·迪克逊换新变速箱……谢谢……快快，交钱……谢谢……让咱们听见钱掉进箱子的声音……谢谢。

（她收完份子钱。）

好了，就这些了，托莫。

托　　莫：好吧，帕米。

罗　　博：哎，帕米，最近在搞些什么？

帕　　米：啊，一点儿这一点儿那的。

吉　　博：昨晚你和艾伦·怀特怎样了？

帕　　米：哎呀，真是个卑鄙小人！我彻底把他甩了，你不用担心。他带我去一个直接开车进场看电影的地方，把车停在了最后面。“天哪，我忘了带避孕套了。”他说。没错，他就是这么说的。想一想，和一个女孩子第一次约会就说出这样的话来！简直让人作呕。我穿上裤子，让他马上送我回家。

罗　　博：告诉他你的底线了，是吗，帕米？

帕　　米：当然了。我对他说：“对不起，让你失望了，怀特先生，不过我并不赞成婚前性行为。”有给巴里·安德森的报告吗，托莫？

托　　莫：没有，眼下没有，帕米。

维托利奥：我说，帕米，在娱乐场正上演一部特棒的意大利电影，你想去看吗？

帕　　米：不想，不喜欢意大利电影。

维托利奥：为什么？

帕　　米：里面尽是意大利佬。

维托利奥：明白了。那咱们去汽车电影场吧。

帕　　米：哎，哎，哎。

维托利奥：什么？

帕　　米：少来这一套。

维托利奥：什么意思？

帕　　米：别跟我开这种玩笑。

维托利奥：我不明白。

帕　　米：不明白才见鬼呢。

吉　　博：帕米，你应该告诉他，别让那见鬼的通心粉的油腻腻的手碰到你。

杰　　柯：听好了，吉博，你要是不闭嘴，我会让你脱一层皮的。

罗　　博：吉博，公平地说，即使维托利奥有拉丁人的暴脾气，他也不是个坏人，我觉得在这件事上我得说你几句。

（这时，后门门缝下面进了烟。）

我感到，生活在我们今天这个时代……

杰　　柯：有股什么味？

托　　莫：瞧，烟！头儿们的后屋准是着火了。

（众人跳起，在室内到处乱跑。）

罗　　博：让我出去！

吉　　博：从安全出口下去！

普雷斯托：给救生艇配上船员！

杰　　柯：好了，都别乱，咱们不能逃跑……得让妇女撤出去，把火扑灭。罗博，普雷斯托，你们去搞几桶水。维托利奥，扶帕米和桑德拉从安全出口下去。托莫，你进后屋去看看出了什么事。吉博，给消防队打电话。

（众人急忙去执行各自的任务，随着烟继续涌入室内，各处传来叫喊声。）

托　　莫：嗯，我说杰柯，我不能，嗯，进后屋去。我是说，嗯，那是后屋头儿们待的地方，对不对？我不能进那儿去。

杰　　柯：怎么不能去？他们又不是神圣不可侵犯的，快，进去。

托　　莫：不行，不行。

杰　　柯：那就敲敲门。

托　　莫：你能肯定……

杰　　柯：我肯定他们会原谅你的冒失行为。

（托莫走过去，小心翼翼地在后门上敲了敲，众人等待着，帕米和桑德拉在安全出口那儿向左窗内望，维托利奥站在窗旁，吉博手里拿着电话听筒等着，罗博提一桶水急上。）

等等，罗博，把水桶放下。

（罗博放下水桶，后门开，亨多出，抽着一根约一英尺长的雪茄，喷出阵阵烟雾。众人望着他，静场。）

托　　莫：嗯，亨多，你好，委员会开得怎样？

（停顿。）

是这样，嗯，我们以为，嗯，是……那烟……你看……

（普雷斯托提一桶水冲上，冲到亨多面前，拼命把水往他身上浇。静场。亨多把湿淋淋的雪茄从嘴里拿出来扔掉，他看看普雷斯托，众人惊呆。）

杰　　柯：是这样，嗯，是我让他……

托　　莫：杰柯！

（亨多拿出笔记本，甩了甩水，在上面写了点儿什么，眼睛瞟着普雷斯托，然后咕叽一声合上本子从后门下。众人不安地沉默着回到各自桌前，只有帕米和桑德拉仍在安全出口处，从窗子向里看。静场。）

帕　　米：（刺耳地）我们怎么办，你们这帮大木头疙瘩？

罗　　博：（跳起）天哪，对不起，帕米。

吉　　博：忘了个一干二净。

（他们冲向窗子。）

杰　　柯：（在窗前）对不起，姑娘们。

帕　　米：是该道歉。

（杰柯、罗博及维托利奥扶姑娘们跨过窗台，吉博也在，普雷斯托仍坐在桌前，托莫在一旁看着。）

罗　　博：好，迈吧。

杰　　柯：慢点儿。

（在杰柯的帮助下，帕米把一条腿迈过窗台，大腿露出了大约十五英寸。）

吉　　博：好，好，好。

罗　　博：好，仔细打量了一番帕米，是吧？

吉　　博：就是要给他们看这玩意儿，帕米。

帕　　米：啊，闭嘴，你们这帮老不正经的。

罗　　博：试试，进来。

吉　　博：慢点儿。

（帕米被扶着从窗台迈进了屋子。）

好，桑德拉，该你了。

（杰柯帮着桑德拉进了屋，帕米拍打身上的尘土。）

帕　　米：你们全是一帮笨蛋，老不正经的家伙。

吉　　博：好，好，好。

罗　　博：你不用干你那块儿了，帕米。

杰　　柯：你没事吧，桑德拉？

桑 德 拉：没事，谢谢你，杰柯。

（杰柯看着桑德拉走回桌旁，众人回各自桌旁，帕米整理着她放在托莫桌上的公文。）

托　　莫：好了，咱们今天别再惹后屋头儿们生气了，太太平平地把剩下的时间打发掉。咱们可给他们惹了不少麻烦了，又是扔画像，又是着火啦什么的。维托利奥，一个人在办公室上班，成功的要旨是什么？

维托利奥：别惹你上司生气。

托　　莫：对了，你很有长进，是吧，普雷斯托？听我的，维托利奥，你会平步青云的，虽说你有拉丁人暴躁的脾气。第一要旨：尊敬上司，别惹他生气。

（铃声。）

托　　莫：好，吃午饭的时间到了。

罗　　博：太妙了。上酒吧去吗，吉博？

吉　　博：那当然，伙计。巴里·安德森也去吗？

罗　　博：去的，他吃午饭总要喝几口的。

（众人谈笑着下。吉博在帕米的屁股上拧了一下，她追出。杰柯和桑德拉被留在了舞台上。杰柯收拾着自己的桌子，桑德拉在补妆。）

杰　　柯：一上午够乱的，是吧？

桑 德 拉：是的。

（停顿。）

杰　　柯：安顿下来了吧？

桑 德 拉：是的，谢谢。

（停顿。他走过去，坐在她旁边的一张桌子上。）

杰　　柯：我说，嗯，我想你不会愿意和我一起去吃午饭的吧，你会愿意吗？

（她看着他。）

桑德拉：和你？

杰　　柯：呃，是的。

桑德拉：嗯，我不知道，我，呃，你的意思是……？

杰　　柯：我的意思是，我想请你一起吃午饭。

桑德拉：呃，我没有…… 呃……

杰　　柯：你不爱说话，是吧？

桑德拉：我想是的，我不是另一个帕米，是吧？

（他们客气地笑了。）

杰　　柯：啊，帕米有她自己的一套，是个不错的孩子。不过你有点儿不一样。我的意思是，我得说，你有更多的特点。我的意思是，你别误会，我不是想要……哎，我说了半天就是，一起去吃午饭怎么样？

桑德拉：其实，我答应今天给我丈夫买双袜子的。

杰　　柯：没关系，我们可以在去吃饭的路上买。我帮你挑一双。

桑德拉：哦，嗯……谢谢你。

杰　　柯：那你答应去吗？

桑德拉：（微笑）你是个很热情的人，是吗？

杰　　柯：啊，我自己也不知道。

桑德拉：那好吧，我接受你的邀请。你把我说动了。

杰　　柯：太好了。一拐弯就有个挺好的小餐馆，我听说那儿的意大利面是看家品。

（他们往外走的时候，她客气地笑着。灯光转暗，熄灭。）

第三场

三月份的一天。灯光打在七个人身上。托莫、罗博、吉博、普雷斯托、杰柯、维托利奥、桑德拉。他们坐在自己的桌前默默地工作。两分钟后，街上响起了救火车的警报声，由远及近。七人一起站起，走到窗前，看着下面的街道。他们向右边看去，随着警报声变大，又看着正下方，随着声音逐渐减弱，他们全向左边看去。警报声消失后，七人机械地回到办公桌前，坐下，又默默地工作了一分钟。灯光转暗，熄灭。

第四场

四月份某天午饭休息时。灯亮时吉博与普雷斯托在台上。吉博在右边窗口，吃着三明治，拿着望远镜往下面马路上看。普雷斯托坐在桌旁，在一张纸上写着什么。他放下笔，在纸上盖了几个章，先用计算器，然后又用计算机计算，把纸撕下来，盖章，又在计算器上加数字等。吉博转身看着他。

吉　　博：你在计算什么呢，普雷斯托？

普雷斯托：杜尔西的洗衣单。

（吉博又继续看望远镜。寂静。可以听到欢呼、喊叫和摇摇棒的声音。桑德拉和帕米手舞足蹈地挥动着摇摇棒和沙沙作响的彩色碎纸条球。托莫和维托利奥肩膀上抬着杰柯跟在她们身后。杰柯身穿橄榄球服，一副谦虚的样子。）

帕　　米：杰柯好棒！

桑 德 拉：杰柯最棒！

帕米、桑德拉：我们队，我们队，啦啦啦，万岁！

吉　　博：怎么啦？

托　　莫：杰柯带领我们队第一次在午餐比赛中赢了。

维托利奥：杰柯好棒哇！

杰　　柯：啊，天哪！

托　　莫：走，到艾伦·怀特的部门去！

（除维托利奥外，众人欢呼着自右门下。吉博看着他们，眉头紧皱，然后回到窗户前。）

吉　　博：罗博在哪儿？

普雷斯托：罗博？我想他和巴里·安德森一起出去了。

（罗博自右门上。）

吉　　博：他来了，就是他。你好吗，罗博？

罗　　博：啊，还不错。

（维托利奥从桌子抽屉里拿出三明治，吃了起来。）

吉　　博：去酒吧吃午饭了？

罗　　博：嗯，和巴里·安德森喝了一杯。杰柯好像混得不错嘛。

吉　　博：啊，我可不觉得他有那么热门，天哪，瞧一眼这个吧，好吗？

（罗博接过望远镜，吉博指指点点。）

罗　　博：上帝啊，我可真想啊！

吉　　博：是还不错吧？

罗　　博：敢发毒誓。

吉　　博：能进到里面让我给什么都行！

罗　　博：嗨，快看这辆。

吉　　博：哪儿？

（吉博接过望远镜，罗博指指点点。）

罗　　博：怎么样，嗯？

吉　　博：你在开玩笑吧。

罗　　博：嗯？

吉　　博：隔着四十英尺长的竿子我都不会去碰它。

罗　　博：你就吹吧。

吉　　博：去你的！你所有的品位全在你那张嘴里。

罗　　博：胡说八道。这些是上路的最好的车子。你那希尔曼轿车根本没法和它比。

吉　　博：别傻了，那些车没有力道。四缸的发动机上面安了个六缸的车身，液压凸轮轴和汽化器老出毛病，不是吗，普雷斯托？

罗　　博：一群猪猡。

吉　　博：它们有大众二型所有的毛病，却没有它的任何优点，再加上离合器还爱松动。

维托利奥：我看一看行吗？

（罗博把望远镜递给维托利奥。）

罗　　博：那边那辆蓝金双色调的凯旋使者。红绿灯后面第二辆。

（维托利奥用望远镜看着。）

维托利奥：啊，没错，我知道那辆车子，开起来非常好。嗨，街角那儿有个特漂亮的姑娘。

罗　　博：没错，那是黛安，巴里·安德森部门的。

吉　　博：她是个不折不扣的婊子，绝对开放。巴里·安德森以为那天他在衣帽间里把她弄到手了。她到处鬼混，用手搞男人，她根本不在乎。

罗　　博：有人说不久前她怀孕了，说是唐尼·迪克逊干的。

吉　　博：可怜的老唐尼，他面临一场确认父亲身份的诉讼。不过他找到了伊恩·罗杰斯，是学医的，帮他处理这事儿。解决了，从地沟里冲走了，谁会知道？据艾伦·怀特说，只花了十块钱。

维托利奥：哦。

罗　　博：你应该试她一试，维特，说不定能行。

维托利奥：也许吧。

罗　　博：就是别像唐尼·迪克逊那样被抓住了把柄。

维托利奥：（没用望远镜）我说，下面还有一个漂亮姑娘，穿着红色连衣裙，一个给人审美愉悦的对象！

（罗博用望远镜观察。）

罗　　博：你准是在开玩笑吧。嗯，吉博，穿红色连衣裙的。

吉　　博：（拿过望远镜）在哪儿呐？啊，那儿！

（他笑了。）

罗　　博：（大笑）看见她了？（向维托利奥）伙计，你最好带着拳击手套去睡觉。

吉　　博：窜进厕所去，安静地来个速战速决。

（把望远镜递给维托利奥，维托利奥用望远镜看。）

维托利奥：啊，是帕米！不过她确实给人美感。

（罗博和吉博笑了。杰柯上，一身正装，拿着橄榄球鞋。）

罗　　博：好样的，杰柯。

杰　　柯：谢谢，伙计。

罗　　博：看来你是越来越棒了。

吉　　博：你觉得是吗？

罗　　博：你自己觉得表现如何？

吉　　博：还不错。我几乎进了一次球，可是他们的二排前锋把我逼到边线外。吹响终场哨，我们赢了一分。

罗　　博：给逼到边线外最倒霉了，是吧，普雷斯托？嗨，我告诉你啊，杰柯，你要想学会打橄榄球，就找来肯尼·麦克卡佛莱在1957年世界杯中在对方球门线上带球触地得分的影片，好好看看。

吉　　博：天哪，那家伙，他真行。

罗　　博：老天，他真行，那家伙。你知道，是我发现他的。我当了多年橄榄球联合会的星探。我发现了所有的大球星——唐·亚当斯、克莱夫·丘吉尔、哈里·维尔斯、鲍比·班克斯、布莱恩·卡尔森，还有被低估了的唐·斯科菲尔德。

吉　　博：确实低估了唐·斯科菲尔德。

罗　　博：所有这些人都是我发现的，并且使他们成了名。我走遍全国搜寻球星。“罗博，”他们曾对我这样说，“你是唯一能够从男人里挑出男子汉的人。”

杰　　柯：（微笑）你知道吗，罗博，我看你现在得三百岁，才能做到所有那些你认为自己做了的事情。

罗　　博：你什么意思？

杰　　柯：没什么，开玩笑而已。

罗　　博：说我是吹牛大王，是吗？

吉　　博：我听着像。

杰　　柯：罗博，就是个友好的玩笑而已。嗯，我吃午饭去了。

吉　　博：和桑德拉一起午餐，是吗？

杰　　柯：是啊，怎么啦？

吉　　博：啊，没事。她今天看你打橄榄球了，是吧？

杰　　柯：看了，可是这和你有什么关系？

吉　　博：什么关系也没有，就是问问而已。

维托利奥：杰柯，我和你一起到餐厅去吧，我想喝点什么。

吉　　博：杰柯可能想自己一个人去。

杰　　柯：（看了一眼吉博）走啊，维托利奥，咱们去餐厅。

（杰柯和维托利奥自左门下。）

罗　　博：这都什么跟什么呀？

吉　　博：他和桑德拉有一腿，你不知道吗？

罗　　博：是吗？可是她已经结婚，有三个小孩儿了。

吉　　博：那又怎么样？她想找点儿热闹，杰柯给了她。她们都一个样，这帮女人。结婚久了，就想来点儿外快。我也不介意试她一试。估计我能迷得她脱下裤子。

罗　　博：希望杰柯知道自己在干什么。

吉　　博：他是真的迷恋上她了，你知道，可是她只想快活快活。

罗　　博：该死的杰柯，你听见他刚才对我的挑衅了吗？

吉　　博：他当面管你叫骗子。不过你不用担心他，我会让他散架的。

（普雷斯托开始向窗外挥手和微笑。）

罗　　博：你这话什么意思？

吉　　博：别误会。我绝对不是个在背后捅刀子的人，从不暗箭伤人。

（普雷斯托继续挥手。能够听见人群发出的声音。声音越来越响。）

罗　　博：我不明白你要……嗨，外面出了什么事，普雷斯托？

普雷斯托：有一帮子人向我友好地招手呢。

（罗博和吉博走到窗旁。传来断断续续的叫喊声。）

吉　　博：有好几百人呢！

罗　　博：他们在干什么？

吉　　博：举着标语牌，像是在游行。

罗　　博：（用望远镜看）就是的，是他妈的游行，里面尽是些留长头发的邋遢鬼。嗨，你看见标语牌上写着什么吗？

吉　　博：让我瞧一眼。

（他拿望远镜看。）

（念）“打倒……老板。”打倒老板？这太不像话了！

罗　　博：这太丢人了！

普雷斯托：打倒老板！

罗　　博：闭嘴，普雷斯托，让亨多听见了怎么办？

吉　　博：（向窗外）滚开，你们这帮满脸胡子的长毛杂种！

（嘈杂声增大。）

罗　　博：去把头发理理！

吉　　博：去洗个澡！

普雷斯托：一帮软骨头！

罗　　博：嗨，普雷斯托！

吉　　博：咱们给这些惹是生非的家伙来点儿辣的。给，往他们脑袋上倒点儿垃圾。

（罗博和吉博开心地咯咯笑着，跑来跑去拿起废纸筐往窗外倒。普雷斯托不知所措地看着。）

罗　　博：给，你们这帮讨厌鬼！

吉　　博：砸中他了！

罗　　博：好样的！

吉　　博：就该这么办。

罗　　博：接着来。

吉　　博：给他们点儿教训。

（他们把最后一筐垃圾倒出窗外。）

罗　　博：就这么多了。

吉　　博：我知道！咱们往他们身上泼水。

罗　　博：好主意！来呀，普雷斯托。咱们用消防水桶。

（罗博和普雷斯托从左跑下。）

吉　　博：（向窗外）要是你们不喜欢这里，去别处啊！

（传来更大的叫喊声，“打倒老板！”）

没错，都是些吃意大利面的人！

（罗博提着一桶水急上。）

罗　　博：水来了，伙计。

吉　　博：太棒了。

（罗博把一桶水往窗外倒。）

罗　　博：浇着他了！

吉　　博：打赌这是他十年来洗的第一个澡。

罗　　博：看看他们的那个标语“给工人提高工资”。

吉　　博：真可耻！

（亨多自后门上。）

罗　　博：你好，亨多，太吵了，对不起。

（吉博清清嗓子。）

吉　　博：亨多，打扰你吃午饭了，我想向你正式表示我诚挚的歉意，并希望没有使你过多地感到不便。然而我想，在目前这种情况下，你会原谅我们这一点的，因为我们在轰走一帮举行游行的邋遢鬼。

罗　　博：这帮小流氓举着写有“打倒老板”的标语牌呢。

吉　　博：不过，亨多，我们已经给他们点儿颜色看了，我们倒了这帮小无赖一身的垃圾。

罗　　博：我们支持了你们，亨多。我们干得对，是吧，普雷斯托？

吉　　博：我们是忠于你们的，亨多。

（亨多冲他们大笑，罗博和吉博跟着不安地笑了起来。）

吉　　博：我告诉这帮小丑去理个发。

罗　　博：吉博好好地教训了他们一顿。

（众人继续大笑，亨多笑得最响，普雷斯托提一桶水冲上，亨多吓得双臂往头上一伸，从后门冲下。普雷斯托停住，满脸疑惑不解的神情。）

吉　　博：这儿，普雷斯托，给我。

罗　　博：你吓着亨多了，笨蛋。

（吉博将水向窗外倒去，嘈杂声达到最高峰。）

吉　　博：给，你们这帮惹是生非的家伙，是水……你们知道，是用来洗澡的东西。

罗　　博：（大笑）你笑死我了，吉博，真的，老天，你真逗。

吉　　博：嗨，小心，有人在扔东西！是个炸弹！

（众人惊慌失措，四处乱窜，你撞我，我撞你，钻入桌下，双臂抱头。普雷斯托将一个水桶套在头上。嘈杂声停，静场两秒钟，众人紧张地蜷缩在桌下。一个彩色的、又大又硬的棒棒糖从窗外扔了进来，落在地上。众人仍蜷缩着没有抬头看。间歇。维托利奥自左门上，见状突然停住。停顿。）

维托利奥：这儿怎么了？

（罗博小心地抬头向他看去。）

罗　　博：他们扔了个炸弹，快钻到桌子底下来！

（维托利奥走到大棒棒糖前，将它拾起。）

维托利奥：没有什么炸弹，只是个又大又硬的棒棒糖。

罗　　博：什么？

维托利奥：你自己过来看吧。

（罗博与吉博小心地慢慢从桌下出来，普雷斯托直起身，套着桶的头撞在桌子上，他取下桶，爬出。这时罗博、吉博、普雷斯托站直了身子，看着维托利奥，维托利奥手中举着那大棒棒糖。）

维托利奥：看见了？

罗　　博：真的是个棒棒糖。

吉　　博：他们这是什么意思？

维托利奥：上面附着一张条子。

罗　　博：条子上说的是什么？

（众人围向维托利奥，维托利奥拿下条子念。）

维托利奥：上面说："你们这帮糊涂虫[1]。"

（众人不解地互相看着。灯转暗，熄灭。）

第五场

五月某天下午。灯亮时七人都在安静地工作。托莫走到计算机前，按了几个按钮后等着。他把打出来的纸一张张撕下，然后分放在其余人桌上。托莫坐下。众人都看着面前的纸，然后一伸手递给旁边的人，大家的动作整齐而有节奏。纸在室内转了一圈回到托莫桌上堆成一堆。他懒懒地看了一眼纸堆，把纸扔进了废纸篓。众人继续安静地工作。

维托利奥：（欢快地）有点儿太单调了，是吧？

（众人转身盯着他。托莫的电话铃响。）

托　　莫：喂？啊，你好。是的，是的，行，可以，好，太好了，没问题，对，再见。（挂上电话）巴里·安德森来的电话，他要我们把这份重要的报告反复核对一下。

（托莫举起夹在鲜红色文件夹中的一打公文。）

交给你的任务也一样，罗博。

（将报告放在罗博桌上。）

---

① 译者注：英语中的"糊涂虫"与"棒棒糖"原文为同一个词（sucker）。此处游行者扔入棒棒糖，有讽刺之意。

罗　　博：啊，老天。

托　　莫：好，注意点儿，事关重大。

罗　　博：是，托莫。

（罗博看报告，桑德拉打开内部对讲机。）

桑 德 拉：桑德拉，咖啡不加糖，加牛奶。

（桑德拉关上对讲机。罗博的电话铃响。）

罗　　博：喂？啊，你好。是的，是的，行，可以，好，太好了，没问题，对！再见。（挂上电话）巴里·安德森来的电话，他让我们马上把1077744310183187392号报告给艾伦·怀特送去。

托　　莫：那天我看这份报告来着，我交给你了，吉博。

吉　　博：我根本没见着，别赖我。

托　　莫：在你桌子上找找。

（吉博在桌子上找，罗博将一份红色的报告放在吉博桌上，维托利奥打开内部对讲机。）

维托利奥：维托利奥，咖啡加两块糖，不加牛奶。

（维托利奥关上对讲机。吉博的电话铃响。）

吉　　博：喂？啊，你好。是的，是的，行，可以，好，太好了，没问题，对，再见。（挂上电话）巴里·安德森来的电话，说他今晚要去酒吧静静地喝几杯啤酒。

罗　　博：好主意。自从那晚唐尼·迪克逊在厕所里摔在大便池里以后，我还没去过酒吧呢。

吉　　博：可怜的老唐尼。

（吉博将红色报告放在普雷斯托桌上。杰柯打开对讲机。）

杰　　柯：茶加两块糖和牛奶。

（杰柯关上对讲机。普雷斯托的电话铃响。）

普雷斯托：喂？啊，你好，杜尔西。还可以，你呢？希望你的腿的静脉曲张没再犯。告诉你，最好的办法是把脚放在温盐水里泡五分钟，如果刮西风，就吃两根香蕉，如果你头发右分，就用蛋黄按摩膝盖，或者，如果你母亲是蓝眼睛，就服用浸泡鱼肝油的黄金养胃泡腾片，否则就……（声音转成低语。）

托　　莫：找到了吗？

吉　　博：没有。

托　　莫：天哪！那份报告找不着了！107744310183187392号报告找不着了！

（托莫跳起，普雷斯托继续轻轻对着话筒讲话。）

别再坐着了，杰柯，帮我们找一找。

杰　　柯：怎么了，托莫？

托　　莫：107744310183187392号报告找不着了！赶快动手找吧，你也找，维托利奥。

维托利奥：多少号文件来着？

托　　莫：107……别管号了，找就是了。罗博，伸伸手帮我们找一找。

（众人四处狂奔，打开抽屉，翻动公文，爬到桌子下面去等。普雷斯托仍在打电话，毫不理会周围的一切。)

咱们要是把这份报告丢了，告诉你们吧，这儿有的人就要倒霉了！

罗　　博：肯定在办公室里的什么地方。

吉　　博：我昨天还看见了呢。

罗　　博：最后是在谁手里的？

托　　莫：记不得了。

吉　　博：我想想看，我看见是谁拿着来着？

罗　　博：你就记不起来了吗？

托　　莫：妈的，妈的，妈的！

杰　　柯：镇静点儿，托莫。

托　　莫：真让人生气。

吉　　博：普雷斯托！

罗　　博：什么？

吉　　博：就是他，普雷斯托，报告最后在他手里。

托　　莫：嗨，普雷斯托！

（众人停下狂乱的行动望着普雷斯托，普雷斯托仍在打电话。）

普雷斯托：……你要是在二月二十一号到三月二十一号之间出生，就把胳肢窝泡在薄荷汁里，或者……

托　　莫：（大吼）普雷斯托！

普雷斯托：等一等，杜尔西，我想托莫在叫我呢。

（托莫大步走到他面前，砰地挂上电话。）

托　　莫：那份报告在哪儿？

普雷斯托：哪份报告？

托　　莫：1077744310183187392号。

普雷斯托：哪个？

托　　莫：在蓝公文夹里的那个。

普雷斯托：啊，不错，我想起来了，我们午休时打牌，用它记分了。

（他从一个抽屉中抽出报告看了看。）

吉博赢了六百分。

（托莫从他手中夺过报告。）

托　　莫：谢谢你。我给艾伦·怀特送去。

（自右门下。众人继续工作。普雷斯托将红色报告放在杰柯桌上，亨多自后门上，将一些文件放在托莫桌上。）

吉　　博：谢谢你，亨多，谢谢你上我们这儿来。

（亨多自后门下。）

你一旦了解他以后就知道，亨多这人挺好的。一点儿不势利，最棒了。

维托利奥：他怎么当上后屋的头儿的？

罗　　博：伙计，他知道内情，亨多知情。

维托利奥：可他到底怎么上去的呢？

吉　　博：他上去了，因为他是好人，而且有好运气。我很喜欢这个人，他公正、诚实。

维托利奥：我还是不明白他是怎么得到那个职位的。

吉　　博：我是怎么得到这个职位的？靠自己苦干，伙计。我父亲一辈子都在铁路上干，还是个工会的成员呢，这傻瓜。我才不进工会呢，伙计。我今天的位置全靠自己苦干，是通过艰苦磨炼得来的。

维托利奥：当个后屋的头儿，肯定挺来劲的。

杰　　柯：别信那个，维托利奥，他们都是骗子，只要他们自己合适，他们能在你奶奶生日那天开车把她轧死，是不是，普雷斯托？

吉　　博：行了，杰柯，别信口开河了，你只不过是因为自己一辈子也当不了后屋的头儿在嫉妒罢了。

杰　　柯：胡扯，我才不嫉妒呢，怎么着我也不去当后屋的头儿。

维托利奥：根据一派的观点来看，我们这儿的人全是些笨蛋。你知道，要能当后屋的头儿我没意见。

吉　　博：（大笑）弄一帮子意大利面来，是吗？开玩笑啊。能当个小职员，你够幸运的了，你只适合做肉丸子。

杰　　柯：打住，吉博，不然我过去给你一拳。

吉　　博：去弄根软香肠塞上。

杰　　柯：你没有好下场，小子，没有好下场。

桑 德 拉：杰柯，劳驾，别吵了。

吉　　博：喂—喂—喂，怎么了？情人吵嘴吗？

罗　　博：行了，吉博，消消气。（对桑德拉）他有点儿激动，桑德拉，别管他。

桑 德 拉：没事，谢谢你，罗博。我没生气。

罗　　博：怎么了？实话伤人，是吗？

杰　　柯：闭嘴！

吉　　博：小子，别这么对我说话，别担心，我随时都能把你拿下。

罗　　博：行了你们俩，都住嘴，回到工作上去，不然我把你们交给亨多。

（大家默默工作。）

杰　　柯：（叹气）老天，太磨人了！

（他向窗外看去。）

你们知道一年前我在哪儿吗？在一个艳阳天，和女朋友一起开车穿过艾奇克里夫。我请了一天病假，开车去坎普湾。我们发现了一个潮水潭，那天我自由自在。

（杰柯继续工作。大家全都默默工作着。）

罗　　博：你们知道四十年前我在哪儿吗？

杰　　柯：不知道，罗博。伙计，你在哪儿？在林子里追逐袋鼠吗？

罗　　博：我在内陆，伙计。我开拓了北领地，在爱丽斯·斯普林斯建了个酒吧，那里的老百姓管我叫救世主。我骑在骆驼背上，脖子上挂着花环，穿过主街。我喝啤酒时赞美神之声响彻云霄。我赢得了斯普林斯老百姓的心。那是我一生最快乐的日子。

（停顿。）

杰　　柯：好吧，那你干吗在这儿干活啊？你为什么不回到那儿去？

罗　　博：嗯……我……嗯……我……

（帕米自右门轻快地走上来，身穿一条鲜亮的黄色短连衣裙，手拿装份子钱的箱子。）

帕　　米：各位好。

（众人齐声轻快地说：“你好，帕米。”）

维托利奥：帕米，你今天好吗？

帕　　米：看见你们大伙儿就更好了。

吉　　博：你今天晚上干什么，帕米？

帕　　米：和你不认识的人出去。托莫呢？

吉　　博：他去找艾伦·怀特了。我来照应你，帕米。

帕　　米：我打赌你会的。

罗　　博：你真漂亮，帕米。

吉　　博：我求之不得呢！

普雷斯托：啾啾，啾啾。

（停顿，众人看着普雷斯托。）

罗　　博：哎，普雷斯托，其实不关我的事，我也不愿意打听别人的事情，可是你说“啾啾，啾啾”，究竟在暗示什么？

（停顿。）

普雷斯托：这是件金丝雀黄颜色的连衣裙。

（一片叹气和低语声。）

帕　　米：他脑子有病。

吉　　博：天哪，普雷斯托，如果你有脑子，就不要把事情搞得更糟。

杰　　柯：对老普雷斯托宽容点儿，他不是个坏人。

（杰柯把红色的报告放在维托利奥的桌子上。）

罗　　博：总之，帕米，你过得怎样？

帕　　米：啊，总的考虑起来，还可以。

罗　　博：考虑到什么？

帕　　米：考虑到我不得不忍受像你这样的老不正经。

吉　　博：哎—哎—哎。

（维托利奥把红色的报告放在桑德拉的桌子上。）

罗　　博：这话有点儿不客气，帕米。

吉　　博：说了半天，这回是为什么凑份子啊？

帕　　米：是又一次集体凑份子。（读单子）艾伦·怀特的生日，雷琳和基斯·菲利斯订婚，杰夫·普莱奥结婚，巴里·安德森父亲的葬礼，罗琳的小宝宝，唐尼·迪克逊的冲浪板。

吉　　博：他原来的那个呢？

帕　　米：他踩在蜡上滑倒了，冲浪板裂成两半了。

罗　　博：可怜的老唐尼。

（帕米像以前那样在桌子间走来走去，摇晃着放钱的盒子，像在做礼拜的仪式上那样单调地重复着凑份子的项目。其他人反应也一样，往盒子里放着钱。）

帕　　米：快点儿啊……拿出钱来……给钱……艾伦·怀特的生日。

罗　　博：艾伦·怀特的生日。

帕　　米：雷琳和基斯·菲利斯订婚。

吉　　博：雷琳和基斯·菲利斯订婚。

帕　　米：杰夫·普莱奥结婚。

普雷斯托：杰夫·普莱奥结婚。

帕　　米：巴里·安德森父亲的葬礼。

杰　　柯：巴里·安德森父亲的葬礼。

帕　　米：罗琳的小宝宝。

维托利奥：罗琳的小宝宝。

帕　　米：唐尼·迪克逊的新冲浪板。

桑 德 拉：唐尼·迪克逊的新冲浪板。

帕　　米：谢谢各位。

众　　人：谢谢你，帕米。

帕　　米：好了，今天就到这里了。

维托利奥：我说，帕米，今晚和我一起吃饭怎么样？

帕　　米：我不想去。

维托利奥：为什么？

帕　　米：不喜欢意大利面。

维托利奥：嗯，我们会来点儿别的。

帕　　米：哎—哎—哎，够了。

杰　　柯：继续努力，维托利奥，你还会得到她的。

帕　　米：他会才见鬼呢。

吉　　博：好，帕米。就该这样。

（桑德拉把红色报告放在托莫的桌子上，托莫自右快步上。）

托　　莫：老天！运输工人罢工了，咱们现在都得赶快离开这儿。

罗　　博：啊，真糟！

托　　莫：大伙儿都得想法子搭车，或合乘一辆出租车。

吉　　博：嗨，帕米，能和你合坐一辆出租车吗？

帕　　米：得了吧！我和巴里·安德森一起走。

（她从左门下。）

吉　　博：唉，不过我总得争取一下，你不能怪我，是不是，普雷斯托？

托　　莫：吉博，你和罗博可以搭艾伦·怀特的车。

罗　　博：行啊。

托　　莫：普雷斯托，如果你愿意，你和维托利奥可以和我一起搭基思·菲利斯的宝马迷你。

普雷斯托：谢谢，托莫。

维托利奥：非常感谢。

托　　莫：杰柯，如果你愿意，你可以和桑德拉合坐一辆出租车。

杰　　柯：我们就这么办，托莫。

吉　　博：我敢打赌，你会这么办的。

桑 德 拉：谢谢你，托莫。

罗　　博：老天爷，真够乱的！那帮子家伙罢的哪门子工哟！

托　　莫：真丢人，是吧？他们一点儿都不替别人想想。

吉　　博：没错，那些见鬼的工会，总是找麻烦。

杰　　柯：不过我祝罢工的伙计们好运，他们和我们一样，都是工人。

吉　　博：我不是工人。

杰　　柯：那你是什么人？

吉　　博：我是一个……一个白领职员。

杰　　柯：啊，上帝，快把呕吐桶给我拿来。

吉　　博：嗨，闭上你那张大嘴！

（杰柯向吉博冲去，二人扭打。罗博及托莫将二人拉开。）

桑 德 拉：杰柯！

托　　莫：嘿，小心点儿！

罗　　博：行了，行了。

托　　莫：你们俩都住手，在我这办公室里不许打架。

吉　　博：你等着瞧，杰柯，看我怎么收拾你。

罗　　博：好了，吉博，住嘴！

托　　莫：好吧，咱们走吧。都有车坐了吗？

（众人一片“有了，托莫”之声，边闲谈边下场。托莫迅速整理桌子，拿起红色报告，瞥了一眼，扔进了废纸篓，然后与众人一同自右门下。杰柯和桑德拉留在台上。杰柯走向她，充满激情地拥抱她。他们接吻。亨多从后门进，看见他们后停下。两人分开，看着亨多。亨多拿出笔记本，在上面写下了什么。他又看了他们二人一眼，啪的一声合上本子，自右门下。杰柯看着桑德拉。）

杰　　柯：天哪，桑德拉，我心里全是你。你什么时候离婚啊？我不可能永远这么吊着。

桑德拉：见鬼！现在我失去亨多的好感了。

杰　　柯：不用介意这个。你什么时候离婚啊？

桑德拉：我没有说过我要离婚呀。

杰　　柯：什么？什么意思？

桑德拉：你要是记得的话，我说的是我考虑要离婚。

杰　　柯：考虑！上帝啊，你要考虑多长时间？

桑德拉：不知道亨多会怎么办？希望他不要做出什么极端的事情来。

杰　　柯：别去想亨多！离婚的事怎么着？

桑德拉：啊，别催着赶着的。有的是时间。

杰　　柯：可是我现在就要得到你。

桑德拉：那你得等一等。你很年轻，杰柯，你不知道各种情况。

杰　　柯：我二十一岁了。

桑德拉：嗯，我二十九了，比你经历的多一点点。

杰　　柯：我不管你有多大了，我要和你结婚，因为我无法停止对你的思念。当那个混蛋吉博在食堂里对你挤眉弄眼，拼命想和你调情的时候，我都要疯了。

桑德拉：哎，我希望你不要这样。吉博是个老于世故的人，我很喜欢和他聊天。

杰　　柯：是啦，他确实世故得很。我说，咱们出去过周末吧。咱们可以坐出租车到我住的地方，停在街角，我去开自己的车，咱们可以上蓝山，或者什么别的地方。

桑 德 拉：这不可能。我得照顾丈夫和三个孩子。走吧，你可以请我喝点儿什么，然后送我回家。

杰　　柯：今晚我要和你在一起。

桑 德 拉：这不可能。咱们下个星期安排点儿什么。好啦，走吧，咱们别站在这里争来争去的了。

杰　　柯：啊，好吧。上帝，今晚前景惨淡！排骨豌豆和一张空床！

（他们自右下。灯光转暗，熄灭。）

第六场

六月份的一天。灯光打在七个人身上，他们坐在桌前默默地工作着。桑德拉在打字。他们继续工作了一分钟。桑德拉停止打字，仔细看着桌子上的便签簿，想认出一个字来。其余的人不声不响地继续工作。托莫抬起左腿放了个响屁。没有人做出任何反应。桑德拉认出了便签簿上的那个字，继续打字。他们又工作了半分钟。大幕落下。幕间休息。

第七场

七月的一个晚上。幕启时台上一片黑暗。突然灯光亮起，音乐声大作，罗博和亨多自左门戴着帽子拿着手杖又跳又唱地上。他们身穿华丽的格子西服。空空的舞台只有色彩鲜艳的背景布。罗博和亨多做着歌舞套路的动作，下。音乐继续，帕米、桑德拉、托莫、吉博、杰柯和维托利奥排成一排，跳着舞穿过舞台进入台侧。

罗博的声音：（通过扩音器传出）女士们、先生们，有请伟大的、无与伦比的普雷斯托！

（响亮的喇叭声，聚光灯亮起，普雷斯托上，身穿晚宴服。幕布在他身后落下。）

普雷斯托：女士们，先生们，谢谢大家，谢谢大家，欢迎诸位来参加今年的年度办公室演出活动。好家伙，今晚我们为你们准备的节目太精彩了！你们喜欢的节目会再度演出，会比过去更好。今年的节目里还会出现一些新面孔，我相信他们会证明已经达到近年演出的高水平。观众中看过去年的办公室演出的人会记得，罗博和亨多的双人表演受到了多么热烈的欢迎。好啦，他们今年将在幕间为大家献上另一个狂放的喜剧节目，喜剧的名字是《你个笨蛋》。现在作为演出的开场节目，重现他们去年的巨大成功，有请罗博和亨多出演特制的全新的《你个笨蛋》中的一段。大家欢迎。

（响亮的音乐声，普雷斯托下，大幕升起。）

（罗博和亨多在舞台上跳舞。罗博穿着那套华丽的格子西服，鞋罩上系着粉红色的蝴蝶结。亨多穿一件宽松下垂的大衣，特大号的鞋子，帽子垂在耳朵上。罗博对观众讲话。）

罗　　博：晚上好，谢谢诸位，欢迎莅临比格先生主演的比格秀。那就是我。万一你不知道，也为了照顾坐在第三排的那位把包吉百利巧克力的包装纸弄得窸窣作响的胖女士，我重复一遍，这是我的表演，主角是我。啊，顺便说一句，伙计们，我几乎忘了，这位是我的搭档，一位不参与的搭档，你们了解我的意思吧。（对前排某人）不，这不是我的意思，自作聪明的家伙。不是什么人都能了解一个人的，总之，老兄，别耍小聪明。问大家好，笨蛋。

亨　　多：问大家好。

（罗博踢了他一脚。传来低音鼓的声音。）

罗　　博：不对，你个笨蛋！我的意思是说“晚上好，伙计们”。

亨　　多：晚上好，伙计们。

（罗博踢了他一脚。低音鼓的声音。）

罗　　博：别霸着舞台，你个没用的家伙。这是我的表演，是比格秀。

亨　　多：对不起，比格先生。

罗　　博：你确实应该觉得对不起。啊，伙计们，我真有个笑话要给你们讲，妙不可言。前几天晚上，在去剧场的路上，我看见这个人在家门口的台阶上，拿着一个长条面包猛打他儿子的脑袋。（模仿。）而昨晚当我经过的时候，他又拿着一个长条面包猛打他儿子的脑袋。（猛击亨多。）可是当我今晚经过的时候，他在用一块蛋糕猛打他儿子的脑袋。（模仿。）所以我走到他面前，我说："嗨，等等，老兄，今天你怎么用蛋糕打儿子了？"他对我说："哎，伙计，今天是他生日！"哈哈哈！（击打亨多，低音鼓的声音。）怎么啦，笨蛋，你不觉得这很滑稽吗？

亨　　多：噢，当然，比格先生。

（他击打亨多。）

罗　　博：好吧，那大点儿声啊！哎呀，对不起，笨蛋。（把他拉到自己面前。）你肯定特生我的气，这样把面包屑弄了你一身。现在我告诉你我要做什么。我要彻底把你弄干净。

（罗博把手伸进口袋，水从衣服翻领上的一朵花里被挤出来，喷在亨多的脸上。）

哈哈哈！你看，笨蛋，我说了要把你弄干净的。

亨　　多：谢谢，比格先生。

罗　　博：嗨，笨蛋，现在告诉我，笨蛋，什么东西有四条腿会飞？

亨　　多：我不知道，比格先生。

罗　　博：你放弃了？

亨　　多：是的，比格先生。什么东西有四条腿会飞？

罗　　博：夏天的马呗，你个笨蛋。哈哈哈！

（罗博抓住亨多的鼻子，用拳头打。可以听见一辆旧车的喇叭声。）

（响亮的音乐声。他们做着老套的舞蹈动作。）

罗博、亨多：（唱）演完了，
这就是全部的表演，
希望你们喜欢。
现在我们得走了，
不过请记住一件事，
无论你做了什么，
在大千世界里，
没有什么能赛过开心快乐。

（二人摆出结束的姿势，手拿帽子，胳膊伸直，亨多蹲伏在地上，罗博一只脚踩在他身上。他们一动不动地向观众微笑，大幕落下。普雷斯托走到幕布前，聚光灯打在他身上。）

普雷斯托：女士们，先生们，谢谢大家，谢谢。刚才是罗博和亨多的作为开场演出的搞笑片段《你个笨蛋》。我可以补充一句，这个片段是由罗博本人创作、导演和制作的。呵呵呵。你笑死我了，罗博！各位，难道不精彩吗？啊，他很了不起，我非常喜欢他。好啦，我想该上第二个节目了。不过，在我请出第二个节目以前，我想对你们说上一会儿，因为我是个人物，而大家都喜欢听各种人物一连说上几个小时。首先，我想严厉批评办公室公报里的那些谣言，说我只不过是个轻浮的花花公子。我普雷斯托有严肃的一面，你们不常看到这一面，现在我向你们展示出来：我认为澳大利亚应当扩大贸易，协助区域防卫以及东南亚次大陆的技术发展。但是我绝不是一个自命不凡的人，我想我只是一个普通人。我并不过分严肃地对待生活，因为我是那种平凡的家伙，从平凡的事物中获得快乐。

我的意思是，哎呀伙计们，不能因为我是个人物，就意味着我比你们一般人强。我只比你们强那么一点点，真的，我就是一个普通人，和你们大家一样，我喜欢带孩子到海边去。难道孩子们不让你惊喜吗？但是，伙计们，我严肃对待的是与我的孩子们的未来有关的事情。我女儿德比，你知道，十三岁，她问我青少年结婚是不是不对的。我对她说：“德比，这取决于当事人，取决于他们是否成熟，他们之间的爱情和相互间的尊重！婚姻是长长久久的事情，是现实的。”

好啦，现在各位，该演下一个节目了，可是，见鬼，我忘记了该是什么了。没关系，重要的是我是演出指挥，而且我是个人物。这个节目结束后我还会回来给你们再讲三个小时，因为我是“令人愉快的先生”，你们都很喜欢我。好啦，现在第二个节目开始。准备好了就上，好伙计。

（普雷斯托挥手，下。幕布拉起，响起了轻快的音乐声。仍旧是那块色彩鲜艳的背景布。杰柯坐在角落里的一张矮凳上，罗博用海绵在给他擦脸，吉博坐在对角的一张矮凳上，托莫用海绵在给他擦脸。两张矮凳旁各有一把剑。帕米和桑德拉坐在舞台后部的办公椅上。杰柯和吉博穿着内衣，其他人穿着日常的衣服。大喇叭里传出普雷斯托的声音。）

普雷斯托：进来吧，女士们，先生们，进来观赏世纪之战，杰柯和吉博之间的决斗。

（大喇叭里传出掌声，帕米和桑德拉挥动摇摇棒，上下跳动。）

为这场决斗做裁判的是你们的也是我的朋友，大家欢迎裁判员亨多！

（维托利奥上场，大喇叭里一片嘘声。维托利奥穿着打扮得像亨多，胸前一块标牌上写着“亨多”，他拿着一叠纸。帕米和桑德拉嘘他，往他身上扔东西——小件的办公室用品，如胶带、铅笔、橡皮、铅笔刀等。托莫和罗博向维托利奥打手势，嘘他，帕米跑到维托利奥身旁踢他的屁股。嘈杂声逐渐减弱。）

维托利奥：决斗开始之前，还有一些例行事务要完成。

（台上的人发出嘘声，帕米往维托利奥身上扔东西。）

参加决斗的两个人都需要填五张表，要在表上签名，盖章，封好，由他们的经理递交。

（嘘声。维托利奥走到罗博面前，把表格交给他。罗博把表格揉成一团，向维托利奥扔去。）

罗　　博：呸，少来这一套，亨多。

（罗博踢维托利奥的屁股。喝彩声。杰柯用剑捅他，更多喝彩声。）

维托利奥：我坚持先把填表的事办完。

（嘘声。）

把表格填好，查适用于参考文档的索引……

（帕米往他身上扔东西。喝彩声。维托利奥走向托莫。）

没有他们的经理在合同上签字，以及在法律文件上注册登记，这场比赛不能进行。给，开始填吧。

（维托利奥交给托莫一些表格，托莫把表格揉成一团，向维托利奥的脸上扔去。喝彩声。托莫踢维托利奥的屁股，更多喝彩声。帕米往维托利奥身上扔东西。）

托　　莫：滚蛋，亨多，你个蠢猪。

（托莫、罗博、杰柯、帕米和桑德拉冲着维托利奥狂扔东西，把他在舞台上踢得团团转。吉博敷衍地加入进来。）

杰　　柯：打倒亨多！

罗　　博：你个蠢猪，亨多！

帕　　米：你个该死的混蛋，亨多！

罗　　博：你个讨厌鬼，亨多！

桑 德 拉：打倒亨多！

维托利奥：填表的这一套必须要完成！

（嘘声。维托利奥在一阵扔向他的物品中、嘘声中被踢着赶下舞台。）

罗　　博：好啦，开始决斗这场吧。

（喝彩声。吉博和杰柯拿起剑，其余的人都坐下了。铃声响起，他们开始决斗。帕米和桑德拉挥动摇摇棒，上下跳动。）

罗　　博：加油，杰柯！

托　　莫：加油，吉博！

（显然杰柯占着优势，把吉博引入困境，这场决斗有一些相当扣人心弦的场面。）

罗　　博：漂亮，杰柯，机会来了！

托　　莫：刺他，吉博！

（杰柯和吉博两剑交叉，推来推去。二人站得非常近。吉博踢向杰柯的腹股沟，杰柯呻吟着倒地。）

罗　　博：犯规！犯规！你这个卑鄙的混蛋！

（吉博把脚踩在杰柯头上，以得胜的姿态举起剑。托莫、帕米和桑德拉给他鼓掌。）

托　　莫：太妙了，吉博！

帕　　米：好样的，吉博！

桑 德 拉：干得好，吉博！

罗　　博：那是犯规！吉博是个下流的不择手段的竞赛选手。

托　　莫：吉博赢了！

（罗博推开吉博，扶起杰柯。）

帕　　米：吉博是冠军！

桑 德 拉：吉博最棒！

（罗博举起杰柯的手。）

罗　　博：对方犯规，杰柯赢了。

托　　莫：你自己有毛病吧。

（杰柯挥拳打吉博，二人扭打。罗博和托莫努力要把他们分开。）

托　　莫：哎哎，小心！

罗　　博：好啦，好啦。

托　　莫：幕布，拉幕！

罗　　博：普雷斯托，拉幕！

（扭打继续着，大幕匆匆拉上。普雷斯托来到幕布前面。他看上去很慌张。幕布后面有什么东西使幕布向外鼓起，几乎把普雷斯托挤下台。托莫将头伸出幕布，递给普雷斯托一顶帽子和手杖。）

托　　莫：给你，普雷斯托，凑合来点儿什么，我们还没有准备好呢。

（从托莫两侧各伸出一个拳头，击打他头的两侧。他把头缩进幕布后面。普雷斯托不知所措，开始跳舞。）

普雷斯托：（唱）五英尺二啊，

蓝眼睛啊，

鲁提—土提—土提—土，

有谁见到了我的姑娘？

（普雷斯托跳踢踏舞。）

哈，嗯，是五英尺二啊，

眼睛蓝啊，

她美不美？

确实妙啊，

有谁见到了我的姑娘？

（跳得更为自信，乐在其中！）

哈，嗯，哆，哆，哆，

博普，博普，博普，

有谁拥有，

有谁能胜过，

有谁见到了我的姑娘，啊哈，啊哈哈。

（他跳着舞，然后，手里拿着帽子，做了一个结束的姿势。他把帽子和手杖扔到舞台侧面，对着观众说话。）

普雷斯托：好啦，各位，现在我给你们唱一首了不起的歌，是空前著名的娱乐明星弗兰克·辛纳特拉唱出名的。请上面的音乐师放音乐。

（音乐声。普雷斯托脸上带着敏感的神情，开始低声哼唱一首民歌。哼唱了几小节后，托莫从舞台侧面向他示意，要普雷斯托从台上下去。）

托　　莫：好啦，普雷斯托，我们准备好了。

（普雷斯托挥手让他离开。）

普雷斯托：嘟比，嘟比，嘟

嗒，嗒，嗒，嘀，嗒

嘟比，嘟比，嘟

嗒，嗒……

（音乐声停。）

托　　莫：够了，普雷斯托！

普雷斯托：嘀嗒。

嘟比，嘟比，嘟……

托　　莫：普雷斯托!

普雷斯托：嗒，嗒，嗒，嘀，嗒

嘟比，嘟比，嘟

嗒，嗒，嗒，嘀，嗒

嘟比，嘟比，好哇，哇，哇！

（幕布之间的缝里出现了吊在长棍上的一个巨大的钩子，普雷斯托被猛地拽到了幕布后面。维托利奥上。）

维托利奥：各位，我们对那个嘟比，我是说咘—咘，表示抱歉。我猜普雷斯托因为自己是个人物就忘乎所以了。我们对那个小品也表示抱歉，我们的本意是要讽刺一下小职员在办公室的生活，不过我猜有点儿失控了。但是我可以向你们保证，不会再发生这种事情了。好啦，各位，下一个节目是由办公室小职员演出的伟大的情节剧《贾德普尔的苏丹》，主演吉博，还有帕米客串脱衣舞皇后。我听说人们依然记得帕米在去年年度办公室演出活动中，在伟大的音乐剧《真是的，阿尔伯特》里出演维多利亚女王时的出色表演。好啦，各位，现在要演出的是《贾德普尔的苏丹》，由巴里·安德森导演。现在开始！

（维托利奥下。大幕拉开，露出一个空舞台。传来音乐声，背景是色彩艳俗的宫殿中的一个富丽的房间。托莫大步走上，穿得像个奴隶，只裹着一块缠腰布，拿着一个喇叭和一个纸卷。他响亮地吹起了喇叭。）

托　　莫：最受尊敬的、最慈爱的贾德普尔的苏丹阁下。

（他向右方以戏剧性的动作鞠躬，但是演苏丹的吉博从台左上。他身披床单，头上戴着彩色头巾，留着胡子。他脖子上戴着珠子和装饰物，每个手指上都戴着巨大的戒指。这段演出里的服装必须一看就知道是便宜的、不合身的、不专业的。亨多和托莫一样演奴隶，只裹着一块缠腰布。他跟随吉博上场，手里端着一把周围用彩色横幅缠着的办公室用椅子。他还拿着一枝棕榈叶。他们上场时伴有敲锣声。）

吉　　博：（帝王派头）宝座呢，侍从？

亨　　多：这儿呢，尊敬的阁下。

（亨多放下椅子，吉博撩起披着的床单，充满帝王派头地坐下，露出了脚上穿着的一双软底拖鞋。亨多用棕榈叶给他扇风。吉博看表。）

吉　　博：上帝啊！现在是夏天晚上八点钟，在印度贾德普尔的苏丹宫殿里。我还以为才七点来钟呢。（对托莫）小子，你有什么消息吗？勇敢的杰柯莫王子情况如何？他实现了自己的誓言了吗？他完成了大胆的伟绩了吗？他有资格娶我的女儿，美貌的向日葵公主了吗？

（托莫打开纸卷，读。）

托　　莫：至于有关即将到来的、勇敢的杰柯莫王子和阁下的女儿，美貌的向日葵公主的婚事……

吉　　博：是的，是的，接着念，小子。

托　　莫：（快速地）杰出的杰柯莫王子已经勇敢地完成了能够迎娶美貌的向日葵公主的伟绩，他刚刚完成了向公主求婚时承诺的伟绩归来，对我表示希望能够面见阁下，以便提交迄今为止他行动的中期报告。他正在外面等待阁下接见。

吉　　博：那你还等什么，侍从？

（吉博击掌。）

让勇敢的杰柯莫王子进来！

（敲锣声。托莫转向亨多，击掌两次。）

让勇敢的杰柯莫王子进来！

（敲锣声。亨多转过身子，做着要拍手的动作，但是没有人在那里。他走到台侧及台的左后部，停了下来，击掌三次。）

亨　　多：让勇敢的杰柯莫王子进来！

（敲锣声，停顿。

吉博击掌两次。

托莫击掌三次。

亨多击掌一次。

吉博击掌三次。

亨多击掌两次。

托莫击掌一次。

吉博和亨多一同击掌两次。

托莫击掌一次。

亨多击掌两次。

吉博和托莫一同击掌三次。

停顿。

吉博、托莫和亨多一同击掌一次。

吉博击掌三次。

托莫击掌两次。

亨多击掌一次。

停顿。）

吉　　博：（高喊）那个杂种在哪儿？

（他朝台后部左侧看去。杰柯从舞台侧翼和台后部右侧探出头来，然后满脸歉意地往台上走了几英尺。他身穿色彩鲜艳的睡衣，系着一条宽腰带，装饰着珠子等。停顿。大家看着他。亨多大步向他走过去。）

亨　　多：（高声耳语）你应该从另外一边上台。

杰　　柯：剧本上写的是“台左”。

亨　　多：笨蛋！那是观众的左边。对我们来说是台右。现在从后台绕过去，从另一边上台来。

杰　　柯：啊，好吧。

（杰柯下。吉博、托莫和亨多等着他，尴尬的间隙。突然，亨多开始跳踢踏舞，企图在等待期间给观众点儿乐趣。他跳向舞台前部，又跳了一会儿，然后一条腿跪下，伸出双臂，大胆地向观众咧着嘴笑。寂静。他站起身，回到原位，拾起棕榈叶。敲锣声，杰柯充满信心，自台左大步走上。）

杰　　柯：尊敬的阁下，我是您卑微的仆人。

（鞠躬。）

吉　　博：（帝王派头，撅起嘴唇）你可以吻我的戒指。

（杰柯吻戒指。）

起来，勇敢的杰柯莫王子，告诉我，你过得怎样？你完成了赢得我的女儿，美貌的向日葵公主的伟绩了吗？

杰　　柯：完成了，我的君王，差不多吧。

吉　　博：我们祖先留传下来的古老崇高的法律规定，要想娶得公主，求婚者必须完成三项伟绩，以证明他的勇气。他必须喝下五品脱的棕榈汁，捕获一只孟加拉虎，搜出三个外国妇女。这些都必须在一天内完成。你做到了吗，勇敢的杰柯莫王子？

杰　　柯：嗯，没有完全做到。你瞧，我喝下五品脱的棕榈汁，捕获一个外国妇女，搜出三只孟加拉虎。

吉　　博：啊，好吧，重要的是思想。你可以娶我的女儿了。

杰　　柯：我说，太谢谢了，尊敬的阁下。你他妈挺客气的。

吉　　博：美貌的公主在外面等着呢，现在要把她带进来了。

（吉博抬手正要击掌，忽然停下，怒视托莫，然后站起来，从左边下。他拉着桑德拉的手上。桑德拉穿着飘拂的纱丽服，非常漂亮。）

吉　　博：她来了，杰柯莫。我将她许配给你，神圣的婚约将把你们二人结合在一起。

（杰柯凝视着桑德拉，然后将她拥入怀中。他充满激情地亲吻她。吉博宽容地微笑着，向托莫和亨多看去，他们也换上了宽容的微笑。他们三人站在周围，宽容地微笑着，接吻长久地继续着。吉博微微皱眉，清了清嗓子，拍拍杰柯的肩膀。）

吉　　博：好啦，伙计，悠着点儿。

（杰柯不情愿地放开了桑德拉。）

你感觉如何，我美貌的女儿？你对这婚事满意吗？

桑 德 拉：啊，满意，父亲，非常满意。现在杰柯莫王子已经在内政部升任要职，我确实很高兴和他结婚。

吉　　博：太好了，太好了！让咱们彻夜在音乐、舞蹈和美食中狂欢吧！呵，侍从，在这个最重要的夜晚，你准备了什么乐事来招待我们？

托　　莫：（看着纸卷读）我期盼禀报尊敬的阁下，我们聘请了贾德普尔娱乐界一些最著名的明星，今晚到王宫来表演。首先，有请迷人的选美皇后，美丽的沃露浦图拉，她表演的节目是《雷明顿打字机的七个罩子》。掌声欢迎沃露浦图拉！

（随着响亮的音乐和敲锣声，以及欢呼和掌声，帕米披挂着雷明顿打字机的七个罩子，旋转着跳舞登台。她的表演虽显笨拙，却很是性感，不时脱去一层打字机罩。随着每一个罩子落到地上，观众都会欢呼鼓掌。当帕米脱到第五个罩子时，她拽了又拽，但是罩子就是拽不下来。）

帕　　米：（大声刺耳地）啊，松开，你个讨厌东西！

（她停下舞步，使劲一拧，扯下了打字机罩。响亮的掌声。）

托　　莫：你个小美人儿！

（她继续跳舞，脱下了最后两个罩子，赤身裸体地站在那里。她向吉博行屈膝礼。热烈的掌声。狂放的音乐声继续。欲火越来越强烈的亨多一直在贪婪地盯着帕米看，这时他突然冲上去，激情地抓住她，帕米力图抵挡。）

帕　　米：哎哎哎！滚开，你这个臭流氓！

（吉博插手干涉，将亨多打倒在地。帕米跑下。）

吉　　博：滚蛋，你这个卑鄙下流的侍从！

（吉博踢得亨多满地打滚，亨多抽泣。）

亨　　多：啊，别，阁下，请你别踢我了，尊敬的阁下，啊，请别踢了，别踢了。

吉　　博：给你点儿教训，你这个狗杂种！这会使你不再奢望干超出你地位的事情，你个可耻的奴隶。好了，让大家欢快跳舞吧！

托　　莫：好哇！

杰　　柯：万岁！

（帕米跑上台，穿了一件红色法兰绒睡衣。吉博开心地叫着和帕米跳舞，一面捏她。她咯咯笑着。杰柯和桑德拉跳舞，托莫和亨多跳。音乐越来越狂放，舞也跳得越来越狂放。）

吉　　博：呀嚯！

（音乐逐渐变成了娱乐性曲调。台上六个人互相挽着胳膊整齐地高高踢腿，像百老汇的歌舞队。他们齐声高唱。）

众　　人：（唱）全都在这里了，
演出结束了。
我们希望你们喜欢，
现在我们得走了，
但请记住一件事，
无论你做了什么，
世界上没有哪件事，
能赛过开心快乐，啊—哈—哈—哈。

耶！

（他们蹲下摆出结束的姿势，一动不动地向观众微笑。灯光转暗，熄灭。）

第八场

八月份的一天傍晚，灯亮时托莫、罗博、吉博、杰柯及维托利奥正在工作。挂历上的图片是盛夏的日内瓦湖滨疗养地，有树荫下衣着鲜艳的人群、游泳者、太阳伞、阳光等。众人静静工作。罗博看表。

罗　　博：差一刻五点，老天，还要苦干十五分钟！我累得眼睛都快睁不开了。我敢说普雷斯托正开心地度假呢，这走运的家伙。我都要冻死了。

（杰柯看着挂历。）

托　　莫：你们看，瑞士正是夏天，在这种冰天雪地的日子能在那儿我倒没意见，我会躺在湖边晒太阳，看湖里的小船。（烦躁地）行了，各位，我也是又冷又累，咱们大家都是又冷又累，今天这一天过得又慢又难熬。你们闭上嘴，行不行？嗨，吉博，那报告在你那儿吗？

吉　　博：哪个报告？

托　　莫：第902305号。

吉　　博：没在我这儿，我没看见。

托　　莫：见鬼！亨多马上就会嚷嚷着要这份报告了，可是我找不到了。你看见了吗，罗博？

罗　　博：哪种报告是9字类的？

吉　　博：上面有上个财经年度预算和实耗间的差别的图表的。

罗　　博：没见过。

托　　莫：可是它准在谁手里。

吉　　博：问通心粉家伙，说不定他就着比萨饼给吃掉了。

（众人向维托利奥看去。维托利奥的电话铃响，他接电话。）

维托利奥：喂？啊，你好，亨多。你怎么样？我挺好。在俱乐部？行，我很愿意去，下班以后在休息室见。再见。

（维托利奥挂上电话。众人望着他。维托利奥继续工作。）

吉　　博：和亨多一起去喝上一杯，是吗？

维托利奥：是的。

吉　　博：原来咱们有这么一手，是吗？

维托利奥：我敢说我不明白你说的是什么。

吉　　博：在使劲爬，嗯？

维托利奥：爬？我不大懂你的意思。

吉　　博：你在顺着亨多的屁股往上爬呢。

杰　　柯：上帝！锅在骂壶黑呢！

维托利奥：我倒很想和你聊上几个钟头，吉博，因为你故事讲得实在出色，不过我确实得干活了，希望你能原谅我。

吉　　博：嘴皮子挺利索，嗯？啊，这帮移民，他们全是一个样子，总是想拼命向上爬。

杰　　柯：看你说的，为了一杯啤酒钱你能在背后捅上哥们儿一刀。

罗　　博：我说维托利奥，看来你生性有点儿好斗，也许是你那暴躁的拉丁脾性在作怪。

维托利奥：可能是，罗博，很可能是的，伙计。

杰　　柯：这都是卑鄙的行当，维托利奥，别使劲爬到粪堆顶上去。

（亨多自后门入，走到托莫桌前，伸出手来。）

托　　莫：啊，亨多，恐怕我们还没能找到那报告呢。

（亨多怒目而视。）

吉　　博：对不起，亨多，不过第902305号报告在我手里，我从那家伙，嗯，从维托利奥的废纸篓里捡出来的，他给扔在那儿了。

（举起报告。）

托　　莫：什么？你为什么没有……

吉　　博：等一等，托莫。我并不想让人家注意另一个同事的严重的疏忽，可你逼得我只能这么干。我正要把报告还给他的时候你走了进来。不过，我要说一句，谁都可能出这样的错，别对这小伙子太严厉了。

（亨多看着维托利奥。）

杰　　柯：他在撒谎，亨多，原来报告在我这里，我放在抽屉里的。吉博准是从我这儿偷去的。

吉　　博：别听他的，亨多，他总是存心让我不好过。

托　　莫：行了，你们这是怎么了？

（维托利奥从桌上拿起一份报告。）

维托利奥：如果允许我解释一下的话，我想说我把第902305号报告扔了，那是因为我设计出了取代它的新报告。（举起报告）这里有一份不仅显示出预算的图表，而且同时还有一系列的小图表，表明了预算人的可靠程度。因此，譬如说你想看看吉博干得怎样，只需要查一下边上他的那个小图表就行了。

（亨多拿出笔记本，在上面写了点儿什么，然后从维托利奥手中拿过新报告，看了看，向众人笑笑，自后门下。）

杰　　柯：（对维托利奥）你显然用不着别人拉你一把。

托　　莫：好吧，咱们最好再干起来。

（众人犹犹豫豫地开始工作，一面用眼睛扫着维托利奥。）

维托利奥：不知道挂上这么一块牌子看起来会怎么样："维托利奥·盖斯科尼先生，人事干事，有事先敲门，小心易怒的拉丁式脾气。"

杰　　柯：你知道我在想什么。对不对？

（众人静静工作，罗博看表。）

罗　　博：我希望五点钟快点儿到吧，真让我烦透了，这没劲的苦差事。（指挂历）看看那幅画，我真想躺在那棵树下看着湖上的船。我爱树木。我小的时候总是整天待在树林里。

托　莫：行了，罗博，加紧干吧，别歇气，好让这个伟大的组织不断前进。

（杰柯厌恶地扔下笔。）

杰　柯：啊，别胡扯了，托莫，这不是个伟大的组织，都是卑鄙的行当，是由像你这样的糊涂虫在支撑着门面。

托　莫：别说话了，干活吧。

（罗博两眼望天。）

罗　博：是的，我小时候在乡下过的那才叫生活。我们在树林深处有自己的小屋，那是多美妙的生活啊！还有星期日的晚上，我记得那些星期日的晚上，全家一起坐在火边，你们从来没见过这样浓郁的家庭情感。我的姐妹们做针线活，爸爸给我们念故事，弟弟弹钢琴，而我那亲爱的老妈妈在拔鸡毛。这是一幅没有哪个艺术家能画得出来的画。

（帕米自台右上，身穿黄褐色连衣裙，拿着装份子钱的箱子。）

帕　米：各位好。

（众人敷衍地答："你好，帕米。"）

托　莫：这回又是什么份子，帕米？

帕　米：（念名单）克雷格·希斯科克的生日，罗琳和巴里·安德森订婚，加里·麦克劳德结婚，黛安的宝宝，唐尼·迪克逊的葬礼。

托　莫：可怜的唐尼。他们找到他的尸体了吗？

帕　米：没有，给冲到大海里去了。

（帕米摇着箱子，像以前一样在办公桌间走来走去，嘴里念叨着。众人拿钱投入箱中。）

快点儿吧……掏钱……交钱……克雷格·希斯科克的生日。

众　人：克雷格·希斯科克的生日……

帕　米：罗琳和巴里·安德森订婚……

众　人：罗琳和巴里·安德森订婚……

帕　米：加里·麦克劳德结婚……

众　人：加里·麦克劳德结婚……

帕　米：黛安的宝宝……

众　人：黛安的宝宝……

帕　米：唐尼·迪克逊的葬礼……

众　人：唐尼·迪克逊的葬礼……

帕　米：就这些了……

众　人：谢谢你……

帕　米：好了，就这些，今天就这样了。我其他时候、另外的某一天还会来的，我会再来的。你们等着吧。再见了，各位，再见。

（帕米自台左下，众人工作。杰柯凝视前方。）

杰　柯：就这么一天又一天地过着，意义何在？韵味何在？

道理何在？就这么过着，进展着，继续着，延长着。盛衰兴亡，但日子仍一如既往地过去，唯一的进展就在于日子不可避免地要一天天过下去。它之所以向前进是因为这是个进行的过程，一天接着一天，但永远没有终结。因为终结便是延续。韵味何在，道理何在？日子进展着，一天天过去，一个月又一个月，就是这么不断过着。归根结底，一切只不过是岁月的流逝。

（杰柯说话时众人转身望着他。这时他们不安地回头工作。）

托　　莫：（低声地）这人得让他离开。

（铃响。众人起身准备离去。）

好，又过了一天，诸位，明天见。

（众人纷纷说："好，托莫。"嗡嗡的谈话声。桑德拉自台左上。）

桑 德 拉：嗨，托莫。

托　　莫：嘿，桑德拉。巴里·安德森的活干完了？

桑 德 拉：刚完。对了，巴里·安德森说他要在酒吧见你。

托　　莫：谢谢，桑德拉。（大声地）有谁一起下去和巴里·安德森一块儿喝杯啤酒吗？

罗　　博：托莫，我去。

托　　莫：太好了。你呢，维托利奥？

维托利奥：不了，谢谢你，托莫，我和亨多到他的俱乐部去喝上一杯。

（维托利奥自右门下。）

托　　莫：快点儿，罗博，咱们走吧，老伙计。

（托莫把手搭在罗博肩上，二人同下。杰柯看着桑德拉，后者在补妆。）

杰　　柯：今晚一起吃饭吧，桑德拉？

桑德拉：谢谢，杰柯，可是今晚我要和吉博一起出去。

杰　　柯：吉博？他？

吉　　博：没错，杰柯。桑德拉和我今晚一起到城里去，是吧，小家伙？

（吉博拍拍桑德拉的屁股。她咯咯笑了起来。）

桑德拉：打住！

杰　　柯：你不会和这个讨厌家伙出去吧？

桑德拉：住嘴，杰柯，你只会惹来麻烦。（对吉博）咱们走吧。

吉　　博：好吧，亲爱的，咱们先去喝一杯鸡尾酒，好吗？

桑德拉：好的，不过你别试图灌醉我，好不好？

吉　　博：我干吗要这样做，哎，亲爱的？

（他大笑，胳膊搂着她的腰。她咯咯笑着，二人自右门下。吉博把头伸进门，看着正在望着他们的杰柯。）

吉　　博：你是个笨蛋，杰柯，你知道吗？她需要的只是找点儿乐子，可是你却对她动起真情来了。我只给她她想要的，好家伙，难道她不觉得受用吗？而且她干活也很卖力气。

（杰柯把订书机朝吉博扔去，吉博低头躲过。）

哎呀，暴脾气！好啦，再见啦，傻瓜。

（吉博离去，杰柯坐下，呆望着前面。灯光转暗，熄灭。）

第九场

九月一日早晨八点五十五分。灯光亮起，照着独自在台上的桑德拉。她坐在自己的办公桌前看报纸。后墙上有一块盖布，上面系着一根绳子。杰柯上，看见她后停下了脚步。桑德拉抬眼看见他。他们相互看着，接着桑德拉又继续看报纸。杰柯脱下外衣，走到挂历前，仍旧是八月份那一页。杰柯翻过一页，看着九月份。这是一幅秋景，日落时湖边金色的树木。杰柯站在那里看着挂历。罗博上。

罗　　博：早上好。

桑 德 拉：早上好。

杰　　柯：早上好。

罗　　博：天气真好啊。今天早晨我都能够感觉到空气里春天的气息。

（停顿。）

天气真好，不是吗，桑德拉？

桑 德 拉：是的。

（罗博挂好外衣，走到窗前。）

罗　　博：不错，天气就是好。

（吉博上。）

吉　　博：早上好。

桑 德 拉：早上好。

罗　　博：早上好。

吉　　博：你好吗，桑德拉？

桑 德 拉：很好，谢谢。

吉　　博：昨晚搞得有点儿晚，是吧？

桑 德 拉：是的。

吉　　博：你搞得晚吗，杰柯？

杰　　柯：去你妈的。

（维托利奥快步上，捧着一束花。）

维托利奥：大家早上好。

（众人都咕哝着说：“早上好。”）

罗　　博：花是给谁的，维托利奥？

维托利奥：给桑德拉的。

（走到桑德拉面前。）

给你，桑德拉。

桑 德 拉：给我的？

维托利奥：没错。

桑 德 拉：我不明白，我的意思是，非常感谢啦什么的，可是，嗯……

维托利奥：今天是春季的第一天，我经过一辆卖花的小车，我就想给你买些花。

桑 德 拉：太谢谢你了，维托利奥。非常美好的想法。

（吉博转向罗博，做了个鬼脸。）

维托利奥：今天早晨你感觉到空气里春天的气息了吗？

桑 德 拉：感觉到了，太棒了，不是吗？

吉　　博：啰，天哪！

桑 德 拉：你怎么啦？

吉　　博：没什么，没什么。

桑 德 拉：我觉得这是维托利奥一个很好的表示。

吉　　博：是，是个很好的表示。

（吉博看着罗博，忍着没大笑。）

桑 德 拉：啊，安静点儿！

（她朝吉博扔过去一朵花。）

吉　　博：唉，唉，唉。

桑 德 拉：别这么讨厌。

（吉博拾起花。）

吉　　博：给你，罗博，春天到了，在头发上戴一朵花吧。

（罗博接过花，放在耳朵后面，摆了个姿势。）

罗　　博：怎么样？

吉　　博：我觉得行，亲爱的，哈—呼！

（罗博和吉博大笑，桑德拉又向他们扔去一些花。）

桑 德 拉：亲爱的，你真坏。

罗　　博：唉，唉，唉。

（维托利奥拾起一朵花，插在头发里。）

维托利奥：啊，好啦，春天来了。让我们忘掉我们之间所有的争吵吧。

桑 德 拉：是啊，为什么不呢？今天是春天的第一天。

维托利奥：春天万岁！

（桑德拉向罗博扔过去一朵花，罗博笑着向她扔过去一朵。可是花击中了维托利奥，维托利奥大笑，向杰柯扔了一朵花。杰柯向维托利奥扔花，但是击中了罗博。他们都开始跑来跑去，互相扔花，把花插在头发里。帕米从左、普雷斯托从右同时上，突然停住脚，惊异地看着。同一时间维托利奥抓住了帕米，桑德拉抓住了普雷斯托。）

帕　　米：哎！怎么回事啊？

普雷斯托：救命！

桑 德 拉：春天万岁！

（他们拉起手在办公室里跳开了，把鲜花扔得满地都是。一开始帕米和普雷斯托被弄糊涂了，但是也加入了。他们都把花插在别人头发里，聊着天，围成一个圈跳舞，走近对方，大笑等。剧中人物多数背对着观众，似乎这些活动只关乎他们自己。传出零零星星的声音，但是都不是连贯的，声音都不大。托莫自台右上，身穿颜色鲜亮的袍子，上面打着穗，手里拿着一面小小的澳大利亚国旗。他身上披着几件袍子，脖子上戴着几条正式而华丽的项链，头上顶着律师的假发和红衣主教的帽子，一只手拿着一个绿塑料花圈，另一只手拿着一头有个板球的手杖。他突然停住脚，惊异地看看这些人。）

托　　莫：这是怎么……

罗　　博：你好，托莫。

桑 德 拉：春天到了，托莫。

托　　米：别胡闹了！

（众人停下看着托莫。）

维托利奥：得啦，托莫，今天是春天的第一天。

托　　莫：我知道，不过难道九月一日对你们来说仅仅就意味着这个吗？

杰　　柯：这是开化装舞会的日子吗？

（笑。）

罗　　博：你这一身行头是干吗的，托莫？

托　　莫：你们这些笨蛋！难道你们没有意识到，今天是这个伟大的组织成立的周年纪念日吗？而且也是我们纪念在所有伟大的战争中为自由而牺牲的人们的日子？

罗　　博：天哪，我忘了。

吉　　博：我试图告诉他们来着，托莫，可是他们不听。

罗　　博：嗯？你什么时候试图来着？

托　　莫：吉博，很好。现在把这个地方收拾干净，赶紧的，要在亨多来参加纪念活动之前收拾好。帕米，回你的办公室去帮巴里·安德森一把。

（帕米下，杰柯坐在自己桌旁，其余人把花拾起。）

来，把那些花缠在花圈四周。

（众人把花缠在花圈周围。）

亨多马上就要来给匾揭幕，你们快着点儿。你们像群疯子似的在屋子里蹦，搞的什么名堂？

罗　博：我们在庆祝春天的来临。

托　莫：不错，是春天了，可今天还是九月一日，是人类历史上一个伟大的日子。

（花圈做完，吉博递给托莫。）

吉　博：给你，托莫。

托　莫：谢谢，吉博，好，现在大家穿上外衣，精神着点儿。

（除杰柯外，众人都穿上了外衣。普雷斯托坐下拨电话。）

你也得穿上，杰柯。

杰　柯：我干吗得穿上外衣？

托　莫：这是表示对亨多的尊敬。

杰　柯：可我并不尊敬亨多。

托　莫：你按我说的办，杰柯，你还算不上是这儿的头头……

（托莫说话的时候亨多自后门上，穿着平时常穿的那套衣服，肩上钉着金色镶边，头戴插着一根粉红色大羽毛的黑色总督礼帽。）

啊，你来了，亨多，我们一切就绪，可以开始了。

（给亨多搬了张椅子。）

好了，诸位，请各就各位。你坐在这儿，亨多。女士们，先生们，请到各自的位置上去，我们就要开会了。

（罗博、吉博、维托利奥、桑德拉向右走过去，立正。杰柯坐在自己桌旁。托莫庄严地挺直身子，正准备讲话，发现普雷斯托在打电话。众人回身看着普雷斯托。）

普雷斯托：（打电话）这是好的，这是坏的，这是好的，这是坏的，这是好的，这是……

托　　莫：普雷斯托！你在干什么？

普雷斯托：我正帮杜尔西挑草莓呢。

托　　莫：（大声）放下那该死的听筒上这边来！

（普雷斯托急忙过去和众人站在一起。亨多拍拍托莫的肩膀，指指杰柯。）

你也一样，杰柯！

（杰柯不理。）

杰柯！到这边来！

（杰柯不动。）

杰柯，要是你不……

（内线广播中传出英国国歌声，杰柯点了支烟，把双脚放在桌上，身子向后靠着椅子，抽着烟。其余人都立正，托莫以“举枪致敬”的姿势拿着手杖，他既想恶狠狠地瞪杰柯，又想全神贯注听国歌，不知如何是好。国歌结束，托莫关掉内线广播，拉出一张椅子给亨多，亨多坐下。）

托　　莫：谢谢各位。女士们，先生们，大家早上好。我们今天在这里集合，一起庆祝这一伟大组织的纪念日。为了纪念这一重大时刻，我们有幸请到尊敬的苏丹阁下——我是说，尊敬的后屋官员亨多来给这块匾揭去盖布，这是一块光荣匾，上面列有本伟大组织历任长官的名字，还有那些为保卫我们最神圣的权利——自由——而死去的人的名字。

普雷斯托：说得对，说得对！

托　　莫：谢谢，普雷斯托。我就不多说什么了，现在请亨多揭匾。这块匾表达了我们对这些人的敬意：他们把这个世界变成了大家能够更好生活、更好养育子女的地方。

普雷斯托：说得对，说得对。

托　　莫：谢谢你，普雷斯托。我就用不着向你们介绍亨多了，我想大家都会同意这一点的。我们都知道他多么伟大，多么值得我们敬爱。现在请亨多讲话。

（托莫举起写着“鼓掌”的牌子，众人鼓掌。杰柯举起写着“拍巴掌”的牌子。托莫怒视杰柯。亨多走到盖布前，托莫打开内线广播，传来喇叭声和鼓声。在亨多潇洒地一挥手揭去盖布时，乐声达到高潮。盖布揭去后，露出来的是一幅巨大的裸体女人的彩色相片。众人倒抽了一口气，吃吃地笑，窃窃私语，罗博似乎很开心，杰柯大笑，亨多迅速转身，怒目而视，众人安静。）

托　　莫：上帝，这太丢人了！这是谁，谁干的？

普雷斯托：说得对，说得对！

托　　莫：住嘴，普雷斯托！快说，谁犯下了这种弥天大罪？谁是罪魁祸首？

（静场。）

托　　莫：这是我一生中所见到的最丢人的、赤裸裸的大不敬行为！如果罪犯是个胆小鬼，不敢承认自己的罪行，我可以保证将进行全面的调查来弄清此事。现在我最后一次要求罪犯站出来承认。

普雷斯托：说得对，说得对！

托莫、罗博、吉博：住嘴，普雷斯托！

杰　　柯：是我干的，托莫，罪犯是我。

托　　莫：啊呀！这简直是谋反！

吉　　博：我该想得到的。

（亨多走到杰柯面前，怒目而视，拿出笔记本，记下了点儿什么，然后啪的一声合上本子。）

托　　莫：我们待会儿再处置你，杰柯。

吉　　博：真是个怪物！

托　　莫：罗博，把那个……那个东西拿下来扔掉。

（罗博取下相片，露出了下面的光荣匾。托莫低声向亨多致歉，罗博向门口走去，捅捅吉博，低声说话。）

罗　　博：嗨，吉博，你说我把这玩意儿挂在咱们衣帽间里怎样？

吉　　博：（大声而神气十足地）当然不行。我认为这样做是可憎的、不道德的。

（罗博惊异而轻蔑地望着吉博。）

罗　　博：啊！说下去，吉博，上帝！

（罗博拿着相片下，吉博拾起盖布盖在光荣匾上。）

吉　　博：好了，亨多，我给你弄好了。

托　　莫：谢谢，吉博。好啦，亨多，可以重新开始啦。我不再啰嗦了，现在请尊敬的后屋官员亨多揭幕。

（托莫带头鼓掌，亨多走向盖布，托莫打开内线广播，但传来的是疯狂的摇摆舞乐曲声。他急忙关上。亨多伸手一挥，揭下了盖布，托莫带头鼓掌，罗博上，停住，鞠躬。）

罗　　博：谢谢你。

托　　莫：罗博！

吉　　博：干得好，亨多。

托　　莫：我宣布此匾已正式揭幕。亨多，对刚才小小的差错我表示遗憾，希望你别太生气。这种事情是会时不时地发生的，即使是在像我们这样伟大的组织内，有时候也会发生一些弄得一团糟的情况。请原谅我的用词。

（托莫举起写着“笑”的牌子，众人笑。杰柯举起写着“哈哈”的牌子。托莫怒视杰柯。）

托　　莫：不过说正经的，我想说，亨多，我们十分感激你的光临，并希望我们能尽最大努力继续为你服务。

（杰柯举起了写着“滚开，托莫”的牌子，而托莫同时举起了写着“滚开，杰柯”的牌子。吉博向前迈了一步。）

吉　　博：我代表前屋所有的人谨向你，亨多，在为这一伟大的匾揭幕时所经历的不愉快表示深深的歉意。

托　　莫：说得对，说得对。

普雷斯托：住嘴，托莫。

（托莫怒视普雷斯托。）

吉　　博：我可以向你保证，亨多，这一事件是一个不负责任的少数人团伙所为，绝不反映有责任心的多数人的希望和愿望，多数人为能誓死全心全意地支持你而感到骄傲。

罗　　博：说得对，说得对。

普雷斯托：住嘴，罗博。

（托莫怒视普雷斯托。）

吉　　博：我感到我这样说是表达了前屋所有人的心愿的，我们仍一如既往地忠于你、服从你，我们将继续尽最大努力为你服务，在这一点上你可以完全放心。

普雷斯托：说得对，说得对。

托莫、罗博、吉博：住嘴，普雷斯托！

托　　莫：好啦，吉博已经恰当地总结了我们大家的想法，剩下的就是咱们来表达自己的敬意了。

（吉博上前，手放在心口，跪在匾前，然后起身走向亨多，跪下吻亨多的脚，然后起身回原位。）

普雷斯托。

（普雷斯托重复吉博的动作。）

维托利奥。

（维托利奥重复上述动作。）

桑德拉。

（桑德拉重复上述动作。）

罗博。

（罗博走上前来。）

杰　　柯：嗨，我说罗博，我还以为你不能容忍那些做作的、装腔作势的、势利的大人物呢。我还以为你相信谁也不比你强呢。

（罗博先跪在匾前，然后又跪在亨多面前，低下头，趴在亨多面前。）

罗　　博：不错，伙计，我从不向任何人屈服，不给任何势利的大人物叩头。我比任何人都不差。

（罗博吻亨多脚，然后回到原位上。）

托　　莫：谢谢你们，女士们，先生们。现在我请亨多来放花圈。

（托莫将花圈递给亨多，亨多将其挂在匾的下面，下。托莫用手杖行举枪致敬礼，吉博立正、行礼。托莫带头鼓掌。）

吉　　博：干得好，亨多，你是个好人。

托　　莫：好，就这样。现在大家回去工作，我去找巴里·安德森。关于你，我们要开个小会，杰柯。

（托莫下，众人回到各自桌前。）

吉　　博：你知道，我很喜欢亨多，我认为他是最好的人之一。

（杰柯耸耸肩，不赞成地笑了笑。）

我想我就是喜欢这人。

杰　　柯：你干吗不和他结婚，吉博？

普雷斯托：说得对，说得对。

众　　人：（大声地）闭嘴，普雷斯托！

（灯熄。）

第十场

十月份的一天。灯亮时，七个人都坐在办公桌前。每个人面前有一堆文件、印台和印章，他们动作一致地在文件上盖章。他们在三十份文件上盖了章，突然杰柯把印章厌恶地扔在地下。大家都停了下来，转身看着他。他交叉起双臂。静默。后门开了，亨多拿着些文件上。他停住脚步，看见了地上的印章，转身看着杰柯。他们互相看着。亨多走到托莫桌前，把文件往他桌上一放，走回去看着杰柯。他拿出笔记本，在上面写了点儿什么，瞄了一眼杰柯，然后从后门走出。其他人接着工作，而杰柯则交叉着双臂靠着椅背坐着。其他人动作一致地又在二十份文件上盖了章。灯光转暗，熄灭。

第十一场

十一月份第一个星期二的下午，两点半。灯亮，罗博、普雷斯托、维托利奥及桑德拉谈笑着在台上转来转去，托莫在打电话。

吉　　博：……而那该死的东西在直道上被绊倒了，摔了个嘴啃地！

（众人哄然大笑。）

托　　莫：（对着电话）…… 在金王冠身上下二十元，七比四。赢了是多少？

吉　　博：嗨，帕米带着要抽的签，怎么还没来？只剩下十分钟了。

（帕米一阵风似的上台，手里拿着一顶口向上的帽子。她穿着那件黄连衣裙。）

罗　　博：她来了。

吉　　博：太好了，帕米！

普雷斯托：我的圆礼帽！

帕　　米：注意点儿！好，各位，我把所有的马的名字都放在帽子里了。你们都参加，是吧？

吉　　博：当然。

维托利奥：绝不能错过墨尔本杯赛马。

罗　　博：不过你们知道，我一般不赌赛马，可墨尔本杯非同一般，它毕竟是世界最大的赛马比赛啊。

吉　　博：所以干吗不小赌一下呢，是吧，罗博？

罗　　博：对啊，用赛马的行话说，我就是这么想的。

帕　　米：快点儿，来挑马吧，我不能整天等着。

（她举起帽子。罗博从中拿出一张小纸条，托莫挂上电话走过来。）

罗　　博：我敢说是一匹没希望的马。（念）上流社会！我说什么来着？

（众人纷纷抽签，每抽出一个签，帕米就立刻在一个便笺上写下马的名字。）

吉　　博：（抽签）让咱们瞧瞧我抓了头什么蠢驴。（读）意大利面王！啊，见鬼！

帕　　米：干吗不说点儿什么？

维托利奥：（抽签）有人运气好。（读）君主。

托　　莫：这个好。我敢说他手上有小针眼。

桑 德 拉：（抽签）希望不是热门的那匹。它们似乎从来都不会赢。（读）洛恩爵士。是匹好马吗？

托　　莫：（抽签）不，那匹马没希望。（读）威严的伯爵。你这小尤物！

罗　　博：普雷斯托在哪儿？他还没有马呢。嗨，普雷斯托！

帕　　米：快点儿，普雷斯托，我可没那么多工夫。

普雷斯托：（抽签）好吧，好吧。（读）七点五。

（众人大笑。）

吉　　博：那是帽子的尺码，你个笨蛋！

托　　莫：普雷斯托，你这不是第一次了。放回去，抽一匹马。

罗　　博：要想赢，你得参加进去。

普雷斯托：不，你骗不了我。我打赌这是那匹热门马，七点五，你们就是不想让我抽到它。

（笑声。罗博在普雷斯托背上拍了一巴掌。）

罗　　博：你行啊，普雷斯托。伙计，你告诉告诉他们。

吉　　博：老天，你挺有能耐的，是吧，普雷斯托？伙计，你比谁都不傻。

托　　莫：好，那咱们开始吧。

帕　　米：可是马还不全呢。

吉　　博：缺哪匹？

（帕米看本子。）

帕　　米：杰柯。

（停顿。）

托　　莫：嗯，杰柯今天不在，帕米。他正和巴里·安德森谈他……的前途问题呢。

吉　　博：不知谈得怎样了？我很想知道结果。

帕　　米：好，那就都在这儿了。

托　　莫：维托利奥，收音机在你那儿吗？

（维托利奥拿出收音机。）

维托利奥：这儿呢。

（打开收音机，传来赛马实况评论员不停的嗡嗡解说声。众人明显地激动起来，不停地低语着。）

维托利奥：帕米，你的马是哪一匹？

帕　　米：乐提霞公主。

维托利奥：嗯，我希望它得胜。

吉　　博：帕米的马？它会远远领先。哈！哈！哈！

帕　　米：闭上你的大嘴，你个馅饼脸的笨蛋。

罗　　博：哎，哎，哎。

托　　莫：嘘！马已经在起跑屏障那儿了，马经过标杆的时候别吵吵。我要知道它们的位置。

（谈话声降到低语声，可以听到评论员的声音。）

评 论 员：世界最大的赛马比赛，墨尔本杯赛，马上就要开始了，开始了，洛恩爵士第一个冲出……

桑 德 拉：啊啊啊，太棒了！

众　　人：嘘……

评 论 员：……后面是波斯王子、皇家勋章、金王冠、君主……

维托利奥：加油，君主！

众　　人：嘘！

托　　莫：都安静，听比赛。

评 论 员：……领先的是英勇骑士，然后是第一勋爵、贵族、威廉伯爵、皇家机遇、乐提霞公主……

（帕米跳跃着，丰满的胸部抖动着。）

帕　　米：加油，乐提霞，加油，乐提霞！

（吉博捅了捅罗博，指着帕米起伏的胸部。）

吉　　博：好哇！

罗　　博：呜呜呜呜啦哈哈。

吉　　博：啊哈啦啦啦哈哈哈。

托　　莫：都别出声。

评 论 员：在半程处领先的是君主，超过了洛恩爵士，一个空当后面是波斯王子、金王冠、第一勋爵、皇家机遇和英勇骑士。在其他马后面的是意大利面王……

吉　　博：加油，小漂亮！

众　　人：嘘——！

托　　莫：现在大家都安静，有点儿成年人的样子。

评 论 员：……领先于其他马的是威廉伯爵，然后是贵族、威严的伯爵……

（托莫高高跳起，鼓掌。）

托　　莫：你个小了不起！啊，对不起。

（大家都过来围着收音机，又蹦又跳，激动不已，人声鼎沸。）

评 论 员：……再一个空当后面是上流社会、皇家勋章、第一勋爵、乐提霞公主、金王冠、子爵及皇家机遇。还剩下七圈半的距离……

普雷斯托：加油，七圈半！

众　　人：嘘——！安静！闭嘴，普雷斯托！

评 论 员：在君主、威严的伯爵、洛恩爵士和意大利面王之间进行着一场多么激烈的拉锯战啊！拐过最后一个弯以后它们都在最前面，你追我赶，后面是紧紧追赶的上流社会和乐提霞公主，向终点冲刺。多么激动人心的比赛！

（大家都怀着压制着的激动上下跳动。）

桑德拉：啊——哈！

罗　博：（声音沙哑地冲着收音机）求求你了，求求你了！

评论员：现在正在拐最后一个弯道，进入终点区的直线上，跑在围栏附近的是君主和意大利面王，洛恩爵士正绕过它们赶上来……

（亨多自后门上，向收音机走去。）

广播员：……还有上流社会，后面是威严的伯爵，还剩五十码了……

（亨多关上收音机，众人僵住，望着他。没有人注意到他进来，这时大家看着他走出后门。众人你看我，我看你，呆在那里，感到愕然、失望、怀疑、震惊。静场。托莫清清嗓子。）

托　莫：好吧，嗯，咱们继续工作吧，怎样？

（众人慢慢地回到各自桌前继续工作。帕米自左下。桑德拉开始打字。灯光转暗、熄灭。）

第十二场

十二月某个下午。灯亮时办公室的圣诞节庆祝活动正热闹。一张桌子上放着一棵小圣诞树，到处是彩旗、装饰物、酒瓶、酒杯等。罗博、吉博、普雷斯托、杰柯、维托利奥、桑德拉、帕米戴着各种滑稽的帽子，吹喇叭，谈笑，喝酒。吉博一只胳膊搂着桑德拉，另一只搂着帕米。杰柯站在一旁，没有加入。在一片喧闹声中，可以听出是罗博的声音。他站在一张椅子上。

罗　　博：请安静，女士们，先生们，请听我说几句，请安静一下。

维托利奥：嗨，咱们别吵吵了。

（嘈杂声减弱。）

罗　　博：谢谢，女士们，先生们，祝大家圣诞节快乐，新年快乐。我想在托莫回来前给大家说几句……

吉　　博：脱下你的行头!

（哄笑声，女士们笑得特别响。）

罗　　博：在被打断之前，我说我想对在场的各位说一件事……

吉　　博：以什么身份?

（哄笑声。）

罗　　博：……一件和我们大家有关的事。和所有的人有关。我想我可以说出来而不会遭到反对……

吉　　博：要你再来一个你怎么办?

（哄笑声。）

罗　　博：简单说来，我建议咱们每人出点儿钱，请托莫去城里玩一个晚上，我们可以先上柯斯达·布拉法饭店去吃晚饭，然后……

吉　　博：好啊！

（哄堂大笑。）

罗　　博：我有小道消息，托莫明年要到艾伦·怀特那儿去了，所以咱们应该给他像样地送送行。

（一片嗡嗡的同意声。）

维托利奥：对，罗博，咱们以后再安排这件事。继续庆祝！

吉　　博：呀呼！

（吉博开始给桑德拉、维托利奥、帕米讲笑话，罗博戴上他那顶旧阔边呢帽，加入人群之中。）

罗　　博：（向普雷斯托）向你和你的夫人致以节日的问候。

普雷斯托：谢谢，罗博，杜尔西也向你问好。

罗　　博：我们得找时间聚一聚，你和杜尔西，我和艾琳。

普雷斯托：肯定的，伙计，我很愿意。不过我们得找人照顾格伦和德比才行。

罗　　博：哎，她不会有事的。杰柯，你怎么样？

杰　　柯：很好，谢谢你，罗博。

罗　　博：为提升的名单犯愁了，是吗？

杰　　柯：啊，没有，没怎么发愁。

罗　　博：托莫随时都会拿着名单进来，别发愁，伙计，你不会有什么事的。

吉　　博：……亚瑟王说过："你是我唯一的真正朋友，加勒哈德爵士。我怎样才能报答你呢？"加勒哈德爵士说："啊呜姆弗……"

（吉博模仿一个被割掉舌头的人。帕米和桑德拉突然大笑起来。）

罗　　博：吉博是个搞笑的家伙。

杰　　柯：没错，他确实是滑稽透顶。

吉　　博：嘿，你们听过关于那匹绿马的故事吗？

（众人齐声说“没有”“讲来听听，吉博”等。）

桑 德 拉：好啊，咱们听一听关于绿马的故事吧。

罗　　博：女人都喜欢听点儿流言蜚语。

吉　　博：嗯，从前有个英国贵族，他……

（压低声音，低语，桑德拉、帕米和维托利奥围到他身边。）

罗　　博：不知道吉博在提升名单上处于什么位置？有人猜想他有望做办公室主任。

杰　　柯：吉博？他连啤酒屋里的纠纷都处理不了。

罗　　博：他们觉得他最有可能胜出。小维托利奥也肯定会上去。你怎么看，普雷斯托？

普雷斯托：（慢悠悠地点头）我有个挺聪明的想法。

罗　　博：什么？

普雷斯托：我有个挺聪明的想法。

罗　　博：不是，我是说，是什么想法？……啊，有什么用？

（吉博讲完笑话后，那群人爆发出了笑声。托莫跑跳着自台左上，身穿圣诞老人的服装，拿着酒瓶。响起欢迎他的欢呼和叫喊声。）

桑 德 拉：是托莫！

托　　莫：嗬、嗬、嗬、嗬！

普雷斯托：是圣诞老人！

托　　莫：嗬、嗬、嗬、嗬！

罗　　博：喝杯啤酒，圣诞老人。

托　　莫：嗬、嗬、嗬、嗬！

帕　　米：圣诞老人，给我带什么礼物来了？

托　　莫：嗬、嗬、嗬！

帕　　米：哎、哎、哎。这听起来有点儿无礼，我最好注意点儿。

吉　　博：他会用他的雪橇把你拉走，帕米，把你放在圣诞俱乐部里。

托　　莫：祝各位圣诞节快乐。

众　　人：圣诞节快乐。

（喝酒。）

托　　莫：新年快乐。

众　　人：新年快乐。

（喝酒。托莫站在椅子上。）

托　　莫：现在，女士们，先生们，请听我说几句……

吉　　博：脱掉你的行头!

（响亮的笑声。）

托　　莫：我这里有一份明年将提升的人的名单。

吉　　博：大伙儿安静点儿，让他说下去。

托　　莫：这名单是几分钟前亨多交给我的，后屋的头儿们考虑了很久才作出决定。现在，第一个，但不是最不重要的，是我。我被任命为艾伦·怀特部门里的高级职员。

（吉博带头鼓掌，众人鼓掌。）

吉　　博：太好了，托莫。

托　　莫：谢谢你。下面，罗博、普雷斯托和桑德拉任原职，帕米被任命为楼下接待处负责人。

（吉博带头鼓掌。）

吉　　博：太好了，帕米。

（他没有必要地长久拥抱和亲吻她。罗博走过来。）

罗　　博：祝贺你，帕米。

（他同样没有必要地长久拥抱和亲吻她，没完没了。）

帕　　米：（刺耳地）行了，行了。

吉　　博：再一次祝贺你，帕米。

（吉博纠缠她，她把他推开。）

帕　　米：天哪，你够执着的，是吗？普雷斯托，你怎么样，也想试一下吗？

普雷斯托：不啦，谢谢，帕米。

吉　　博：好啦，各位，安静点儿。

托　　莫：谢谢。名单上下一位是吉博，他被任命接替我在这儿的工作。

（鼓掌，众人祝贺吉博。）

罗　　博：祝贺你，吉博。

吉　　博：谢谢，伙计。

托　　莫：太好了，吉博。

吉　　博：谢谢，托莫，我希望能和你干得一样好。

（桑德拉吻吉博。掌声。）

桑 德 拉：祝贺你！

吉　　博：谢谢，亲爱的。

罗　　博：小心着他点儿，桑德拉，他脾气可有点儿暴。

桑 德 拉：还用你来告诉我！

托　　莫：现在，女士们，先生们，头号消息。我怀着最愉快的心情宣布，维托利奥·盖斯科尼先生被提升到后屋担任头儿们的助理人事干事。

（停顿。然后响起掌声。）

吉　　博：（快速伸出手去）我愿意第一个向你祝贺，盖斯科尼先生，我知道我们在新的　年里会像在之前的　年中那样很好地合作。

维托利奥：（握手）谢谢你。

桑 德 拉：啊，这岂不是很棒吗？我觉得这太棒了！

罗　　博：祝贺你，小维托利奥。

托　　莫：讲几句！讲几句！

（普雷斯托站到椅子上。）

普雷斯托：像我这样不习惯……

（他的声音淹没在善意的喊声中："不是你，普雷斯托"，"坐下，普雷斯托"。普雷斯托从椅子上下来。）

托　　莫：我的意思是维托利奥应该讲话。

桑 德 拉：是的，去啊，维托利奥。（对吉博）我觉得这太棒了，你不觉得吗？

吉　　博：当然很棒。

（维托利奥站到椅子上。）

维托利奥：谢谢你们，女士们，先生们，我想说……

吉　　博：脱下你的行头!

（响亮的笑声。）

维托利奥：我想说我很高兴接受这一职务，并愿向你们表示感谢和敬意，没有你们的帮助和指导，我是绝对不可能成功的。（举杯）我敬前屋的职员们一杯。

（维托利奥喝酒，众人鼓掌。）

罗　　博：这话很感动人，拿我来说，我就受到了感动。我想说，我们都十分高兴，我们的一位同事……

吉　　博：（举杯）为盖斯科尼先生干杯。

众　　人：为盖斯科尼先生干杯。

（众人喝酒，开始交谈，吉博把胳膊搭在维托利奥的肩头，杰柯把托莫拉到一旁。杰柯一直没说过话，也没跟大家一起凑热闹。）

杰　　柯：对不起，托莫，我没有听见念我的名字。

托　　莫：啊，嗯，没听见吗？是的，嗯，你知道，杰柯，是这么回事，嗯，嗨，吉博！给我们讲讲那个有一个玻璃眼珠的人的故事。

桑 德 拉：啊，是的，给我们讲那个故事，吉博。

罗　　博：讲啊，吉博。

帕　　米：啊，别，我都听了一千遍了。

桑 德 拉：讲啊，吉博。我很想听那个玻璃眼珠的故事。

吉　　博：是你们要我讲的。嗯，从前有这么一个人，他有个玻璃眼珠，明白吗，他正在这条乡间的路上开车……

（吉博的声音变成了低语。杰柯把托莫拉到一旁，其他人依然在听吉博讲故事。）

杰　　柯：是怎么回事，托莫？我要知道实情，告诉我是怎么回事。

托　　莫：好吧，杰柯，我直截了当地告诉你吧，你的任命被取消了，要你尽快离职。换句话说，你被开除了。

（杰柯瞪着托莫。）

吉　　博：……于是医生对他说："怎么回事，你不信任我吗？"

（听众大笑。）

托　　莫：我很抱歉，杰柯，不过这事儿与我无关，我替你说话来着，可后屋的官儿们很坚决。

桑 德 拉：（向罗博）啊，真太滑稽了！我从来没有听过这么滑稽的故事！

杰　　柯：（大喊）住嘴，住嘴，都给我住嘴！

（静场。众人看着杰柯。）

帕　　米：他怎么啦？生气了还是怎么的？

托　　莫：别着急，杰柯，来喝上一杯。伙计，一切都会好的。

（转向其余人）没事，各位，接着热闹吧，一切都在掌控之中，痛痛快快玩吧！

（众人互相议论，一片嗡嗡声。）

吉　　博：有些人就是受不了，不像我，我是摔打出来的，我能照料自己。

罗　　博：可怜的老杰柯！

吉　　博：真讨厌，总是和我们作对，是不是，罗博？

罗　　博：嗯，我说不好……

吉　　博：他老是说，你说的那些故事，他一个都不信。他觉得你是个吹牛大王。

罗　　博：他确实挖苦过我几次。

吉　　博：我的意思是，你是个堂堂君子，罗博。你是个坚实的人。你让唐·布莱德曼得了零分。你在偏僻的内地办了飞行医生的服务。我相信你，可是杰柯认为你是在胡说八道。

罗　　博：是吗？那让我告诉你，伙计，我说的每一个字都是真实而且无可置疑的。

吉　　博：我知道是。再看看杰柯对桑德拉做了些什么。他伤害了这个可怜的姑娘。

桑德拉：是的，他……错待了我。

吉　　博：他引诱她走上歧途，又在背后捅了她一刀。

罗　　博：这行为可有点儿下作。

吉　　博：他是个十足的惹是生非的家伙。我根本不爱搭理他。

罗　　博：嗯，也许他……

吉　　博：嗨，你们听过坎宁安夫人和她的男管家詹姆斯的故事吗？

桑 德 拉：啊，讲给我们听听，吉博。

帕　　米：天哪，又来了。

吉　　博：嗯，你知道，在英格兰有这么一座古堡……

（吉博的声音变成了低语，其他人在听。托莫和杰柯一起在一边喝酒。托莫有点儿醉了，脸上圣诞老人的妆全都抹花了，样子很是古怪。）

托　　莫：我的意思是，我力图正确待人，杰柯，也总是这样去做的。我是说，我永远不会让人遭殃，即使这人不是和我关系好的同事，我一直就是这样做的。这是我在生活中遵循的原则。我们大家对所有人的幸福都负有责任。我发现，如果你正确对待一个人，他也会正确对待你。你明白我的意思吗？

（托莫看着杰柯，后者凝视着酒杯里面。）

吉　　博：……然后坎宁安夫人对詹姆斯说："詹姆斯，脱掉我的衬裙。"

托　　莫：你明白我的意思吗，杰柯？我永远不会拆别人的台，杰柯，永远不会在同事背后捅上一刀，或者在人家落难时踢上一脚，因为我是一个正确对待别人的人，无论这人是谁，或者他来自什么地方，不管他的肤色或宗教信仰是什么。你明白我的意思吗，杰柯？

（托莫看着杰柯，后者仍然凝视着酒杯里面。）

吉　　博：……然后坎宁安夫人对詹姆斯说：“再也别让我抓到你穿我的衣服！”

（大笑声。托莫继续低声和杰柯说话。）

罗　　博：太妙了，吉博！

桑 德 拉：难道这不可笑吗？是我听过的最好笑的故事。

维托利奥：够吉博的水平。

桑 德 拉：我的问题是，我永远记不住笑话。

维托利奥：我也记不住。

桑 德 拉：我不介意听黄色笑话，只要高雅就行。

维托利奥：真的吗？

罗　　博：各位，再来一杯怎么样？帕米，你杯子里还有吗？可以给你满上吗？

吉　　博：小心点儿，帕米。他拉拉链可快着呢。

帕　　米：你自己也不慢。

（罗博倒酒，谈话声变低。）

托　　莫：……他对我说：“托莫，你是最好的同事。”因为，杰柯，我永远不会对人干龌龊事，杰柯，我想，这就是我一辈子力图做到的事，因为，杰柯，我……

（亨多自后门上。众人转身看他。他拿着一个用圣诞节包装纸包着的小包。）

罗　　博：是亨多来了！

桑 德 拉：亨多，圣诞节快乐。

普雷斯托：脱掉你的行头！

吉　　博：嗨，普雷斯托！亨多，我们前屋所有的人祝你圣诞节快乐，新年快乐。

（一片同意声。）

罗　　博：向你和你的妻子致以节日的问候。

（吉博举杯。）

吉　　博：为后屋官员们干杯。

众　　人：为后屋官员们干杯。

（众人喝酒。亨多走到圣诞树前，把礼物扔在树下，自后门出。）

桑 德 拉：瞧，亨多真不错吧，给了我们一个礼物。

（吉博拾起礼物，众人低声表示赞同。）

吉　　博：他是个好人，亨多是个好人。我一直就是这么说的。礼物上有张贺卡。

桑 德 拉：他们真不错吧？我觉得他们真是不错。

罗　　博：快点儿，吉博，打开看看。

吉　　博：好的，好的。

（吉博打开礼物，众人俯身向前看，吉博举起一本新的一年的瑞士挂历，与墙上挂的那本的图案一模一样。）

吉　　博：是明年的瑞士挂历。

（一片称赞和鼓掌声。）

罗　　博：多漂亮的礼物！

吉　　博：这不是一个很好的姿态吗？

桑 德 拉：这不是很棒吗？我认为这太棒了。

（吉博取下旧挂历。）

吉　　博：除旧岁，迎新年！

众　　人：万岁！除旧岁，迎新年！

（吉博挂上新挂历。鼓掌。）

万岁！

（众人欢呼，只有杰柯置身其外。）

吉　　博：大家新年快乐！

（吉博把帕米举到桌子上，把旧挂历递给她，响起掌声和欢呼声。众人手拉手绕着桌子跳舞。）

（帕米把旧挂历撕成一条条的，扔在围着桌子跳舞的人身上。）

帕　　米：祝大家新年快乐！

众　　人：万岁！太好了，帕米！

（唱）一年重又开始

重开始

重开始

一年重又开始

从一月到十二月止。

万岁！除旧岁，迎新年！

（动作减慢至缓步走动。）

（唱） 怎能忘记昔日朋友

永不再上心头

怎能忘记昔日朋友

旧日结伴同游。

吉　　博：万岁！

罗　　博：新年快乐！

吉　　博：现在来，让我们感谢后屋头儿们慷慨的礼物。

（他们全都走到后门口，围在那里。）

为后屋头儿们喝彩三声。嗨—嗨！

众　　人：万岁！

吉　　博：嗨—嗨！

众　　人：万岁！

吉　　博：嗨—嗨！

众　　人：万岁！

吉　　博：（唱）因为他们是……

众　　人：（唱）……大好人

因为他们是大好人，

因为他们是大好人，

我们都这么说，

我们都这么说……

杰　　柯：糊涂虫，你们这帮糊涂虫！

（众人停止，望着杰柯。）

你们都是些奴隶，你们崇拜你们的主子，你们这帮糊涂虫！

吉　　博：你住嘴！他总是指责我们，不是吗？

（其余人互相低语。）

他总是把办公室搅得一团糟，不是吗，托莫？

托　　莫：确实，他是个破坏性因素。

吉　　博：从一开始他就和我们大家过不去。

桑 德 拉：他不忠实！

托　　莫：他把我的办公室搅得一团糟！

杰　　柯：你们这些白痴！

吉　　博：他侮辱我们！

桑 德 拉：他和我们作对！

杰　　柯：让开！我要到后屋去。

吉　　博：你要上哪儿去？

杰　　柯：我要在亨多屁股上狠狠踢上几脚。

（众人惊诧地低语。）

吉　　博：你听见了吗？

罗　　博：我没法相信。

（杰柯企图冲出圈子，此时众人仍旧手牵着手围成一圈，他奋力夺路，但只突破了一处。众人很快又拉上了手，他又被围在了中间。他力图冲到后门口，但总是被推搡。）

帕　　米：嗷，踩着我脚了！

吉　　博：别推我，小子。

（吉博给了杰柯一拳，杰柯要打吉博，却打中了托莫，众人把杰柯紧紧围住。）

杰　　柯：让开！

（众人充满敌意地围着杰柯转，推搡他。）

吉　　博：不许你动亨多一根毫毛。

帕　　米：你要是碰一碰我们的亨多……

桑 德 拉：亨多最伟大！

吉　　博：我们的一切都要归功于亨多。

帕　　米：说得再对不过了。

罗　　博：肯定的。

杰　　柯：让我出去！我要在亨多屁股上狠狠踢上几脚。

（杰柯往外冲，吉博用拳头打他，踢他的腹股沟，众人把他推倒在地。）

吉　　博：抓住他，他想要伤害亨多。

帕　　米：扯下他的粗花呢裤子！

桑 德 拉：这才是办法。

（杰柯的裤子被高高抛起。）

吉　　博：谁有皮鞋油吗？

罗　　博：有妇女在场不行。

帕　　米：他净捣乱！

吉　　博：他反对我们！

桑 德 拉：他伤害过我！

罗　　博：他觉得我都是吹牛！

（杰柯挣扎着站起，仍然被围困在圈子里。）

杰　　柯：你们这些傻瓜！奴隶！你们要打的应该是亨多，不是我！放开我！

帕　　米：听听他！

吉　　博：他反对亨多！

桑 德 拉：真不像话。

（杰柯往后门冲去，但被吉博、托莫推回。）

吉　　博：瞧你在推搡谁！

（吉博把杰柯打倒在地，杰柯跳起来，一拳打向吉博，吉博摇摇摆摆地停在电子计算机旁。帕米尖叫，桑德拉凶狠地扇打杰柯。）

桑 德 拉：你个惹事的家伙！

（众人迅速地又把杰柯围了起来。托莫推搡着杰柯。此时，吉博按下了电子计算机上所有的按钮，灯光疯狂地闪动。纸从计算机里面源源不断地涌了出来。普雷斯托和维托利奥没有积极参加这场恶战，似乎不愿插手，普雷斯托好像吓坏了。）

帕　　米：他是我们的敌人！

桑 德 拉：他对社会是个威胁。

杰　　柯：你们要找的是亨多，不是我！

帕　　米：你好大的胆子。

罗　　博：亨多是个好人。

（杰柯使出了浑身的力气想到后门口去。托莫拉住他。）

帕　　米：咱们得把他捆住。

（吉博拿着从计算机里涌出来的、长长的一大条纸冲了过去。他们用纸把杰柯像木乃伊那样包了起来，推搡着他。）

帕　　米：揍他！

吉　　博：用脚踹！

罗　　博：给，尝尝滋味！

杰　　柯：你们这帮傻瓜！听我说！我告诉你们实话。

帕　　米：他对亨多不忠！

桑 德 拉：他净惹事！

吉　　博：打倒杰柯！

帕　　米：他是个流氓！

吉　　博：就该这样。

罗　　博：他说我吹牛。

（这时杰柯被包得和木乃伊一样，躺在地上。维托利奥走到电子计算机旁，把它关上。）

维托利奥：好啦，你们也开心够了。

（吉博已经摆好要踢杰柯的姿势，这时改了主意。）

吉　　博：听你的，盖斯科尼。我跟你说，咱们去参加巴里·安德森的派对吧。

桑 德 拉：好啊，咱们去吧!

普雷斯托：杜尔西!

（普雷斯托自右门跑下。）

帕　　米：我撤了。你们这帮人都疯了。

（帕米自左门跑下。）

托　　莫：咱们干什么去?

吉　　博：去参加巴里·安德森的派对。

桑 德 拉：走吧，我们走了。

吉　　博：走吧。

（托莫、桑德拉和吉博自左门下。）

罗　　博：可怜的杰柯。我们不该这么做的。

（吉博把头伸进门里，维托利奥走进后屋。）

吉　　博：来呀，罗博。他没事的。这点儿嘲弄他能接受。

罗　　博：我说不好。我就是说不好。

吉　　博：快点儿，罗博。巴里·安德森想见你。

（吉博下，罗博跌跌撞撞地跟在他身后。）

罗　　博：我说不好，我想，我想假如……

（罗博自左下。杰柯躺在地上，被包在电子计算机用的纸里。他无力地挣扎着，纸发出窸窸窣窣的声音。灯光渐弱。幕下。）

剧作家简介

大卫·威廉姆森

David Williamson,1942~

著名澳大利亚剧作家、编剧，创作生涯长达半个多世纪，至今仍未辍笔，创作了五十余部剧作，以及一批电影与电视剧本，描写社会现实与历史问题，被誉为澳大利亚最多产和最受欢迎的戏剧家之一，曾五次荣获澳大利亚电影与电视艺术学院奖，在国内外戏剧界享有盛名。

亚历山大·布佐

Alex Buzo, 1944~2006

著名澳大利亚剧作家、小说家、评论家，20世纪60年代后期开始崭露头角，创作了《小职员》等十余部脍炙人口的剧作，擅长使用荒诞派和超现实主义的叙事手法，1972年荣获澳大利亚文学学会金奖，被誉为澳大利亚戏剧界“新浪潮”运动的领袖人物之一。